levergerdeshesperides@hotmail.fr
http://www.editionslevergerdeshesperides.com
19, rue du Grand Verger
54000 Nancy

ISBN 978-2-36587-286-7

collection
HUMANISTES EN VERVE !
JUNIOR

Loi n°49-956 du 16 juillet 1949 sur les publications destinées à la jeunesse, modifiée par la loi n°2011-525 du 17 mai 2011.

Sandrine **JOSEPH-NOËL TRASSY**

Illustrations Laurence **SCHLUTH**

Madeleine et la Samaritaine

LA PHOTO VOLÉE

Le Verger des Hespérides

AGRANDISSEMENT
DEMOLITION

Paris,
4 septembre 1939,
3 heures du matin,
rue de Réaumur.

Madeleine pédalait sans relâche. Depuis la place de la République, elle n'avait croisé qu'une seule bicyclette montée par un homme vêtu d'une cape à capuchon. Ce qui lui avait fait penser qu'elle aurait bien apprécié la capuche, elle dont la jupe en laine grise était trempée par la pluie glacée de ce début de mois de septembre. Ses boucles dégoulinaient autour de son visage comme des tentacules de méduse.

Tout en pédalant, Madeleine Rauchet, dix-neuf ans, ruminait sa colère contre un certain Adolf Hitler.

- Non seulement il a envoyé ses troupes en Espagne mais aussi en Autriche, en Tchécoslovaquie et en Pologne ! Ce type est un fléau ! Pas étonnant si la France et l'Angleterre lui déclarent la guerre !

Elle pleurait aussi.

Car, malgré son jeune âge, Madeleine savait ce que signifiait la guerre pour une famille. Son père était « parti à la guerre » avec ses frères, cinq oncles qu'elle n'avait jamais connus car son père était le seul à avoir survécu. Blessé, il avait été rapatrié dans la ferme que sa famille maternelle exploitait dans le Poitou. Il était revenu du front avec une oreille en moins ce qui lui avait valu le surnom de « Gueule Cassée[*] » et de terribles cauchemars qui le réveillaient encore presque chaque nuit, bien après son retour en 1918, bien après la naissance en 1920 de Madeleine Noëlle Anne, l'aînée de ses sept enfants.

En juillet 1936, alors que Madeleine venait de fêter ses seize ans, de jeunes camarades espagnols du quartier où elle avait été placée comme apprentie gouvernante, lui avaient appris que leur pays était entré en guerre civile.

* « Les Gueules Cassées » était le nom donné aux soldats revenus mutilés au visage de la Grande Guerre de 1914-1918.

Une guerre menée sur leur propre territoire, opposant leurs amis à d'autres Espagnols, aidés quelques mois plus tard par un certain Adolf Hitler. Ils luttaient les uns contre les autres simplement parce qu'ils avaient des idées différentes sur la manière de diriger leur pays.

Madeleine avait alors décidé de s'engager dans un réseau constitué de jeunes Français et d'Espagnols qui avaient choisi de lutter contre « les ennemis de la paix et de la liberté ».

Elle avait pour nom de code « Paloma »*.

Or, cette nuit du 4 septembre 1939, tout en maugréant sur son vélo, Madeleine était parvenue à l'église éponyme de *la Madeleine* choisie par elle-même - pour plaisanter, trois ans auparavant - comme lieu de rendez-vous pour le réseau MLM « Mineurs pour une Liberté Majeure » ou « *Menores para una Libertad Mayor* ». Car, à l'époque, on n'était majeur qu'à vingt-et-un ans et tous les membres du réseau avaient moins de vingt-et-un ans.

* « Paloma » : « colombe », symbole de la paix.

Elle posa son vélo contre la grille de l'église et entreprit d'essorer sa jupe gorgée de pluie. Un jeune garçon l'attendait sur les marches. Il devait avoir le même âge qu'elle, même si son allure semblait encore très juvénile. Peut-être parce qu'il portait un chapeau et un imperméable bien trop grands pour lui.

- Paloma, tu es en retard ! Que se passe-t-il ? Ça ne t'arrive jamais ! lui dit-il avec un accent espagnol assez prononcé.

- Je sais Pepe*. Tu connais la nouvelle ?

- Oui, c'est la guerre chez toi maintenant.

- Où est Juan ? demanda Paloma.

- Bloqué à la frontière basque.

- Qu'est-ce qu'on fait pour le convoi de la semaine prochaine ?

- Il est annulé. On ne peut pas prendre de risque étant données les circonstances. Des émigrés clandestins venus d'Espagne. Imagine que les nôtres soient pris pour des espions d'Hitler, ce serait le monde à l'envers !

* Prononcer "Pépé", c'est un diminutif de Giuseppe.

- Tu as raison, trop risqué. Et les trésors, eux, ils peuvent passer la frontière ?

- *Si*[*] ! On va tout faire pour. D'ailleurs, il est trop tard pour annuler le passage de demain.

- Très bien ! Voilà les photos de moi avec les codes dont tu as besoin, lui répondit Paloma tout en lui tendant un petit paquet.

- Toujours amoureuse de ton photographe Paloma ?

- Toujours.

- Un jour, ce sera un grand photographe, tu verras !

- Ne dis pas n'importe quoi, tu veux ? Pepe, je te rappelle que Raoul est libraire à la **Samaritaine**.

- Combien de photos de toi devant la **Samaritaine** a-t-il prises pour notre réseau depuis trois ans ?

- Plusieurs centaines. Une photo, c'est un passage assuré et on en a fait passer des centaines !

Le regard de la jeune fille se perdit dans le vide pendant quelques secondes ; c'était comme si elle s'était transportée dans le passé. Soudain, elle fronça les sourcils comme si elle grondait un petit frère.

* Oui.

- Arrête de faire ta commère Guiseppe ! Donne-moi plutôt les photos du dernier passage des trésors. Les codes y sont ?

- *Si ! Como siempre*[*] Paloma !

- Parfait !

« Palomadeleine » enfouit son petit paquet de photos dans son corsage. Pepe l'interrogea :

- Des nouvelles d'Alba ?

- Tu es amoureux ?

- J'ai une fiancée en Espagne, Paloma, tu le sais. Je n'ai pas le droit d'être amoureux.

- Elle va bien. Je lui dirai que tu as demandé de ses nouvelles.

- Merci. J'essayerai de passer la voir pour lui présenter mes hommages et lui témoigner mon admiration. C'est une danseuse extraordinaire.

- C'est aussi une fille extraordinaire n'est-ce pas ?

- *Si* ! C'est un membre très important de notre réseau.

Pepe, que ses camarades appelaient « l'Italien », était conscient de sa position de jeune dirigeant du MLM et de l'importance de la tâche qui lui avait été confiée.

* Oui ! Comme toujours !

- Paloma, nous sauvons des Espagnols et leurs trésors mais, pour nos ennemis, nous ne sommes encore que des enfants. Tu crois qu'un jour nous serons considérés comme des héros malgré notre âge ?

- Nous sommes des héros, crois-moi Pepe !

- Tu crois que les gens se souviendront de nous quand nous serons morts ?

- Ceux que nous sauvons, non. Mais ceux que nous aimons, oui. Bon, je dois y aller. Je t'envoie les courriers habituels à ton adresse de Madrid. On se voit dans trois semaines ? Lundi 25 septembre à 3 heures du matin ? C'est bon ?

- Paloma, tu ne crains pas qu'avec la déclaration de guerre d'hier…

- Peuh ! Pour nous, ça fait trois ans que c'est la guerre et ça ne nous a pas empêchés de nous voir régulièrement ici depuis un bout de temps toi, Juan et moi…

- *De acuerdo*, Paloma. *No te preocupes. Estaré**.

- Et surtout Pepe, quoi qu'il arrive, ne dis jamais la vérité sur les photos !

* D'accord, Paloma. Ne t'inquiète pas. Je serai là.

- Je te le jure devant Dieu et les hommes.

- Salut, à la *revoyure* Pepe !

Le 25 septembre 1939, aucun des trois n'eut la possibilité de se rendre au rendez-vous. La France était à son tour entrée en guerre.

Un jour de mars,
à une époque
plus proche
de la nôtre.

Le réveil sonna, il était 7 heures : un bon gros réveil mécanique à aiguilles, peint en bleu. Une grande main striée de veines apparentes fit cesser la sonnerie. Sur la table de nuit, trônait une photographie dans un cadre ouvragé en bois de santal, sur lequel était gravé « Madeleine » : un tirage artisanal en noir et blanc d'une jeune femme, fort jolie et très souriante, dans une robe blanche des années 30, posant devant un édifice portant l'enseigne de « la **Samaritaine** ».

Le propriétaire de la main, un très vieux monsieur, avec une crinière de cheveux d'un blanc immaculé, se leva lentement et ouvrit la porte de la chambre contigüe.

- Jonas, mon petit, réveille-toi ! C'est l'heure d'aller à l'école !

- Au collège, Papi-Lion…

Jonas, boucles hirsutes, yeux encore mi-clos se pendit au cou de son grand-père pour lui coller un baiser bruyant sur ses vieilles joues ridées et bonnes à raser. Une toute petite fille, en couches et en pyjama, debout dans un lit à barreaux, tendait les bras avec un grand sourire dépassant de sa tétine.

- Pilion…

- Viens voir ton Papi-Lion ma Pauline. Ouh ! On dirait que tu as fait un gros pipi mon cœur. On va changer la couche avant de te donner le biberon.

En partant, Jonas agita la main en direction de son grand-père qui tenait sa petite sœur et son biberon dans ses bras. Il y a quelque temps encore, Madeleine, sa grand-mère Manou, elle aussi était sur le perron lorsqu'il partait pour le collège : « *Salut mon Jo, à la* revoyure *!* » lui aurait-elle lancé.

Mais elle n'était plus là. Pourtant, il voulait garder son souvenir vivant pour toujours.

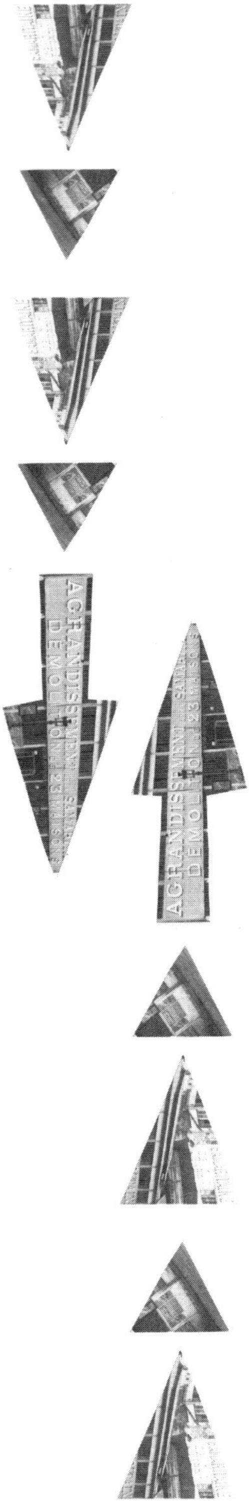

Jonas au club d'informatique.

Les explications de Monsieur Giraud étaient simples.

- Un blog, c'est comme une maison : il y a une entrée, une pièce principale, des chambres dans lesquelles on peut inviter des amis et une cuisine pour leur préparer de bons petits plats. Votre entrée doit être accueillante afin d'inciter votre invité à visiter les plus belles pièces de votre maison. Je vous propose aujourd'hui de lui préparer un plat dans votre cuisine : vous allez écrire une lettre de bienvenue qui fera office d'entrée pour votre blog.

Jonas avait compris qu'il fallait commencer par des mots de bienvenue, puis se présenter et enfin, présenter le blog.

Salut ! Si tu aimes le journalisme, tu es ici chez toi. Si tu n'aimes pas, tant pis pour toi. Je m'appelle Jonas, j'ai onze ans, je suis en sixième au collège Michel-Ange à la Ferté-sous-Jouarre. C'est en France. Dans mon blog, tu trouveras des articles sur tout ce que j'aime et tout ce que je n'aime pas du monde des adultes.

Monsieur Giraud lisait au-dessus de son épaule sur l'écran de l'ordinateur du club d'informatique.

- C'est un peu sec mais bon, tu as bien compris ce que je voulais dire.

Jonas appréciait Monsieur Giraud non seulement parce qu'il enseignait sa matière préférée, mais aussi pour sa grande tolérance envers les imperfections de langage.

- Qui peut me dire ce que signifient les petites vaguelettes rouges qui se trouvent sous certains mots ?

- C'est quand il y a une faute.

Évidemment, Charlotte avait immédiatement su répondre. Charlotte, la championne en orthographe.

- Oui Charlotte ! C'est une fonction de traitement de texte qui s'appelle « le correcteur orthographique ». Si nous continuons de comparer votre blog avec une maison, alors si votre texte correspond aux meubles de la maison, le correcteur orthographique est en quelque sorte un décorateur d'intérieur qui vous propose des améliorations. À la demande de votre professeur de français, nous n'allons pas utiliser cette fonction. Elle viendra une fois par mois participer à notre atelier. À cette occasion, elle reverra avec vous le contenu orthographique et grammatical de vos textes.

Jonas éprouvait des difficultés à retenir les règles de grammaire et autres complications inventées depuis des siècles. Mais, tout bien considéré, l'aide de Virgule (Jonas appelait son professeur de français Virgule, parce qu'elle avait une façon particulière de prononcer ce mot au moment des dictées), lui serait d'un grand secours pour améliorer son style et augmenter ses chances de gagner le prix du meilleur blog de *l'Espace Numérique de Travail de l'Éducation Nationale.*

Car Jonas voulait gagner ce prix. En plus des cours obligatoires d'informatique, il s'était inscrit au club au second trimestre, uniquement parce qu'il voulait avoir le prix du meilleur blog des collégiens.

Monsieur Giraud avait expliqué, pendant la classe de Virgule, qu'en sa qualité de responsable du réseau informatique du collège, il avait proposé à d'autres collèges du réseau international de créer un prix destiné à récompenser le meilleur blog parmi tous les collèges participants. Jonas savait depuis le CM2 ce qu'était un blog, grâce à Monsieur Giraud justement, qui enseignait déjà cette matière à l'école primaire de la Ferté-sous-Jouarre. Il savait que c'était comme un petit site Internet qui, comme un journal papier, sert à publier de façon régulière des articles sur un sujet particulier.

À la maison, Jonas n'avait pas le droit de toucher à l'ordinateur familial sans l'autorisation de ses parents. D'ailleurs, ignorant le code d'accès, il aurait bien eu du mal à l'utiliser. Néanmoins, dès le primaire, il avait trouvé une astuce pour atteindre l'ordinateur : il disait à ses parents qu'il devait faire un exposé ; ce qui signifiait qu'il devait effectuer des recherches sur Internet.

Alors, ses parents le guidaient dans ses choix de documents attirant son attention sur les dangers d'Internet mais également en partageant avec lui des souvenirs de leur jeunesse comme des chansons de chanteurs disparus qui parlaient du phare d'Alexandrie ou de la bataille de Waterloo. Aujourd'hui, il avait le projet informatique de l'école comme super alibi pour pouvoir se retrouver seul devant son écran.

Manquer la récré de midi pour travailler sur son blog au club d'informatique, au lieu de participer au traditionnel match de foot, était donc un petit sacrifice que Jonas consentait à faire deux fois par semaine depuis la mi-mars.

Il avait expliqué pourquoi il devait sacrifier le match de foot du midi à ses deux meilleurs copains : Claudius et Nicolas.

- Bon, les gars ! Comme je veux gagner le prix du meilleur blog des collèges, les mardis et les jeudis, je ne pourrai pas assurer les matchs de la grande récré, il faut me trouver un remplaçant. Vous avez une idée ?

– Moi, j'ai une idée mais tu ne vas pas aimer, avait avancé Nico en souriant.

– Vas-y, annonce la couleur !

Jonas connaissait ce sourire en coin, ces yeux brillants, bras croisés sur la poitrine.

– Lola.

– Mais, t'es complètement fou, toi ! avait hurlé Claudius, au bord de l'apoplexie.

En fait, Claudius était dans un tel état qu'on avait pu croire qu'il allait perdre ses deux yeux. Nico garda son calme, guettant la réaction de Jonas qui, le regardant droit dans les yeux, sans sourciller, lui répondit :

- C'est OK !

Nico déplia les bras, ouvrit la bouche mais aucun son n'en sortit.

- Comment ça OK ? répliqua Claudius qui manqua de s'étouffer avec sa propre salive. Oui, au cas où vous ne l'auriez pas remarqué, Lola est une fille !

– Ouais, mais c'est aussi le meilleur gardien de but de l'école après moi. Je le sais parce que je l'ai déjà vue jouer au club.

Jonas était sûr de lui.

– Une fille comme gardien de but de notre équipe ! Oh, la honte !

– T'emballe pas Claudius, elle n'a pas encore dit « oui » ! ajouta Jonas en fronçant le sourcil.

Lola était son amie de toujours, depuis la petite maternelle. Elle n'avait pas été dans sa classe tous les ans mais ils étaient potes depuis leurs trois ans. Il avait entendu la mère de Lola dire à sa mère en classe de CE2 que Lola lui avait toujours beaucoup parlé de Jonas et qu'elle soupçonnait qu'elle était amoureuse de lui. Là-dessus, les deux mamans avaient émis des petits gloussements agrémentés de « c'est trop mignon » en les regardant. Comme s'ils ne comprenaient pas ce qu'elles étaient en train de se dire ! Jonas avait regardé Lola qui avait levé les yeux au ciel et soupiré bruyamment : « N'importe quoi ! » suivi rapidement d'un : « Viens Jonas, on va jouer au foot. »

Voilà pourquoi Lola était restée son amie : parce que toutes les conversations se terminaient par « on va jouer au foot ». Mais cela, c'était avant la sixième, avant l'entrée au collège.

À la rentrée de sixième, Jonas avait à peine reconnu son pote Lola. D'abord, elle n'avait aucun cheveu dans les yeux ou dans la bouche. Ensuite, elle avait une jupe et pas un survêtement déformé par les lavages. Et après, elle avait autre chose de changé mais il avait fallu à Jonas plusieurs semaines et l'aide de Nico pour savoir de quoi il s'agissait.

- Ben dis-donc, Lola, elle court toujours aussi vite, même avec ses chichis !

– Ses chichis ?

– Ses seins quoi ! Nous, à la maison, on dit « les chichis ».

Depuis ce jour, Jonas observait, discrètement bien sûr, les filles de l'école. Il y avait donc maintenant trois catégories de camarades : les garçons, les filles avec poitrine et les filles sans poitrine. Bien sûr, Jonas était plus impressionné par les filles « avec » que par les filles « sans ». Du coup, comme Lola était une fille « avec », elle l'impressionnait. C'est pourquoi il se disait qu'en fin de compte, il aurait dû laisser Nico se débrouiller tout seul pour demander à Lola de le remplacer pour les matchs de foot du midi.

- Salut Lo, j'ai un truc à te demander. Je ne peux pas jouer le mardi et le jeudi à cause du club d'informatique, est-ce que tu pourrais me remplacer comme goal ?

– Oui Jo, ça me va mais à condition de pouvoir jouer un match décisif sur deux aussi les lundis et vendredis.

Les yeux bleu acier de Lola, sans mèche de cheveux devant, lui faisaient presque peur.

- Oh non ! Là t'exagères ! Jonas s'était empourpré.

- C'est pas cool pour Jonas, Lola ! Nico l'avait tirée par le bras pour la raisonner par le geste.

- Si c'est comme ça, trouvez une autre poire ! avait lancé Lola en tournant les talons.

Jonas avait baissé la tête comme s'il avait reçu une punition, avant de la rattraper :

- OK ! tope là, c'est d'accord !

Il lui avait dit avec un regard si triste que Nico avait failli demander à genoux à Lola de retirer son ultimatum. Lola avait regretté son chantage dès qu'elle avait vu le visage de son ami mais il était trop tard pour revenir en arrière : elle aussi, elle avait sa fierté, sa fierté de fille « avec ». Jonas, lui, était trop fier pour renoncer à son idée de gagner le concours du meilleur blog.

C'était d'ailleurs une des raisons pour lesquelles la lettre d'invitation se devait d'être « sèche » comme disait Monsieur Giraud. Les visiteurs devaient savoir que son blog était une affaire sérieuse qui, pour être possible, avait nécessité de laisser tomber des matchs de football décisifs, d'où le « si tu n'aimes pas, tant pis pour toi » destiné à punir par avance les visiteurs dilettantes tentés d'écrire des commentaires désobligeants.

À la réflexion, Jonas se dit que si lui lisait ça sur la première page d'un blog, il n'aurait pas vraiment envie de découvrir la suite. Il décida d'améliorer la lettre de bienvenue.

La sonnerie de reprise des cours interrompit son élan et il se résolut à reporter ce travail à la séance suivante.

Jonas et Nacho, amis sur le Net.

Depuis quelques années, toutes les écoles françaises à l'étranger avaient créé des liens via leurs « Espaces Numériques de Travail » afin de pouvoir échanger sur les différents projets menés dans les établissements.

Grâce à ce réseau, grâce à Monsieur Giraud, Jonas avait pu correspondre avec des enfants des écoles françaises d'Espagne, du Maroc, du Sénégal, du Canada, des États-Unis, de la Suède et même du Brésil, en fait, toutes les écoles qui avaient créé des blogs. Il avait ainsi appris que dans tous ces pays, il y avait une école française - parfois plusieurs même - dans laquelle les élèves avaient les mêmes programmes qu'en France mais avec l'obligation de suivre des heures de cours supplémentaires pour apprendre la langue du pays dans lequel ils habitaient.

Nacho, un élève espagnol avait consacré un article de son blog à son école, le *Liceo Frances de Madrid**. Le terrain de cet établissement faisait dix hectares et comprenait toutes les installations nécessaires à l'éducation

physique et sportive excepté une piscine. Les classes allaient de la maternelle à la terminale avec plus de quatre mille cinq-cents élèves de plus de trente nationalités : des

*Lycée français de Madrid.

Français, des Espagnols, des Ukrainiens, des Congolais, des Marocains, des Brésiliens, des Equatoriens, vivant en Espagne et dont les parents avaient choisi d'inscrire leurs enfants dans une école française. Ce qui était le cas de Nacho, sa maman étant en plus responsable de la cantine de l'établissement : « *Conde de Orgaz* » de Madrid.

Jonas avait déposé un commentaire sur le blog de Nacho. C'est comme ça qu'ils étaient devenus « amis sur Internet ». Nacho lui avait conseillé les blogs d'autres élèves du réseau et par ce biais, Jonas avait appris des tas de choses, sur plein de sujets, encore bien plus intéressants que les cours de son institutrice de CM2.

En juin dernier, Jonas et Nacho s'étaient écrit sur l'espace « commentaire » de leurs blogs réciproques. Nacho avait consacré son dernier article de l'année à Santander, la ville natale de sa mère et son lieu de vacances estivales. Jonas avait commenté : J'aime beaucoup la photo du monument « los Raqueros ». Est-ce que toi aussi tu plonges dans le port pour aller chercher des pièces de monnaie comme les enfants que représentent les quatre statues ?

Nacho avait écrit : Attends, je t'envoie un e-mail.

Jonas avait donc reçu le message suivant :

Cher Jonas,

On s'écrit des commentaires sur nos blogs depuis septembre. Maintenant il faut que je te montre quelque chose car ce n'est pas un secret mais tu ne peux pas le savoir car tu es loin. Ouvre le document en pièce jointe, tu comprendras.

C'était un fichier image, une photo, qui montrait un petit garçon blond très souriant aux yeux clairs, assis dans un fauteuil roulant avec à ses côtés un monsieur et une dame très souriants eux aussi. Sous la photo, on pouvait lire : *Nacho y sus padres, Nacho et ses parents*.

Nacho pour Ignacio. Dans son pays, l'Espagne, certains prénoms ont des diminutifs qui n'ont rien à voir avec le prénom original. Ignacio dit Nacho*, vivait depuis douze ans avec un nom de chips de maïs comme diminutif et, depuis deux ans, il était assis dans un fauteuil roulant.

Quand Jonas avait pris connaissance du handicap de Nacho, il avait d'abord été choqué : il ne connaissait aucun autre enfant dans un fauteuil. Dans son école, il y avait

* Les Nachos sont une spécialité mexicaine, ce sont des petites chips de maïs.

bien une petite fille malentendante qui portait un appareil auditif et un petit garçon autiste. Ils étaient tous les deux accompagnés d'une AVS, une Aide de Vie Scolaire qui les aidait à s'adapter à un milieu pas vraiment aménagé pour eux. Mais il ne connaissait personne qui ne soit pas capable de se tenir debout, de marcher et de courir.

Jonas n'avait pas pu s'empêcher de poser des questions à Nacho qui s'était volontiers confié à son ami.

Le jeune Espagnol n'était pas du genre à se plaindre. Avec un accident de ski comme il avait eu, peu de personnes s'en seraient sorties. Alors, être dans un fauteuil roulant ! Bien sûr, il avait dû apprendre à se passer de ses jambes. Il s'était rendu compte à quel point se mouvoir avec des roues dans la maison ou dans les lieux publics était difficile, même avec son fauteuil de compétition. Et aussi devoir apprendre à sortir seul de son fauteuil, pour se mettre sur les toilettes, sur son lit, ou vice-versa. Le plus étrange, c'était d'avoir les yeux au niveau de la taille des gens et de devoir lever la tête pour voir leur visage par en-dessous. Il était tombé maintes fois, sans pleurer, car il ne voulait pas que ses parents se fassent du souci.

Sa mère, Maïté, s'occupait de la cantine du *Liceo* par un curieux hasard de la vie car elle avait une formation de vétérinaire. Quand Nacho avait eu son accident, il était resté dans le coma pendant plusieurs semaines. Maïté, diminutif de Maria Teresa, avait prié de longues nuits pour son fils dans un monastère en compagnie de nonnes. La veille du réveil inespéré de Nacho, elle avait fait un rêve : elle s'était vue en train de soigner un canard qui s'était cassé les deux pattes. Elle lui avait fabriqué un petit chariot à roulettes comme ceux qu'on attache au corps des chiens paralysés.

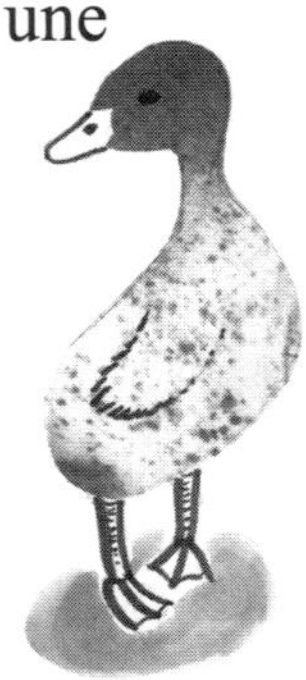

Une fois que Nacho avait retrouvé couleur et appétit, en souvenir de son rêve, elle lui avait apporté un œuf dans une couveuse, très précisément un œuf de cane. Et Nacho avait appris la nouvelle de son infirmité en regardant l'œuf éclore. Il avait donc appelé son canard *Sientate**.

* Assieds-toi.

Sa façon à lui d'accepter son retour à une autre vie.

Quand Jonas écrivait à Nacho, ses parents le laissaient tranquille, respectant son intimité, même s'ils avaient en tête les fautes d'orthographe qu'il était susceptible d'envoyer jusqu'en Espagne.

Jonas avait écrit à Nacho un e-mail avant de se coucher. Il voulait lui confier ses impressions, suite à sa décision de se faire remplacer au foot par Lola, pour se consacrer au concours de blogs. Comme si le temps supplémentaire passé devant l'ordinateur les rapprochait encore davantage.

AGRANDISSEMENT
DEMOL

La grange
de Papi-Lion
à Orly-sur-Morin.

Papi-Lion n'avait pas voyagé très loin, seulement à soixante kilomètres de son village, dans la plus belle ville du monde : Paris. Il était entré en 1936 à la **Samaritaine**, l'un des premiers grands magasins de la capitale, en bord de Seine.

Étant jeune, Papi-Lion était un dévoreur de livres alors, en blaguant, ses parents lui avaient conseillé d'ouvrir une librairie. À la place, il s'était retrouvé à la **Samaritaine** comme apprenti pour devenir, au bout de plusieurs années, chef du rayon librairie. Et tous les soirs, il rentrait avec un livre.

Un jour, une jeune fille était venue le chercher, en bas de son échelle de rangement, pour lui demander un livre

sur les tissus plissés. Elle avait seize ans. Elle portait un tailleur bien serré à la taille. Papi-Lion ne savait pas si c'était la mode à l'époque mais il avait trouvé ça ravissant sur la jeune fille. Il n'avait pas de livre sur la couture des tissus plissés mais ça, il l'avait dit à Manou seulement quelques années plus tard, une fois qu'ils avaient été mariés.

Manou, son unique amour, s'appelait en réalité Madeleine. Il avait raconté à Jonas qu'un certain Marcel Proust, dans un de ses livres, « *À la recherche du temps perdu* », avait parlé d'une madeleine. Pour lui, il s'agissait du petit gâteau, dont le goût lui faisait penser à ses jours heureux. Papi, quand il avait rencontré Manou, il lui avait parlé du livre de Marcel Proust et de sa madeleine.

- C'est comme ça que je l'ai séduite ta grand-mère, disait-il avec un clin d'œil.

Il y a encore quelques mois, Manou jouait avec Pauline, sur le tapis, sur ses genoux, dans sa chaise haute ou dans son trotteur. Maintenant que Pauline marchait et que Manou n'était plus à ses côtés, c'est Papi-Lion qui devait s'occuper d'elle. Aujourd'hui, il vivait tout seul dans sa maison, rue Franche, à cinquante mètres de la maison

de Jonas. La journée, Papi-Lion vivait avec la famille de Jonas et le soir, il rentrait chez lui pour dormir. Mais pendant les week-ends, c'étaient Jonas et Pauline qui rendaient visite à Papi-Lion. Parfois, ils restaient aussi pour dormir en semaine, lorsque leurs parents s'offraient une soirée sans enfants.

Depuis la mort de Manou, Papi-Lion culpabilisait de s'occuper davantage de Pauline que de Jonas. Alors, pour se faire pardonner, il avait fait à Jonas un cadeau extraordinaire : il lui avait donné les clés de son bric-à-brac. Toute sa vie, dans un immense hangar de ferme, l'ancienne grange du père Cossou, « la décharge publique » selon Manou, Papi-Lion avait collectionné tout et n'importe quoi.

Au début, Jonas s'était jeté sur les objets de toutes sortes entreposés dans l'immense bâtisse. Puis, il avait découvert des collections de revues et de livres en tous genres. Un ancien chef de rayon de librairie collectionneur de livres, imaginez un peu !

Papi-Lion s'enorgueillissait de posséder la collection entière des numéros de « Reportages », une revue spécialisée dans les grands reportages. Le papier avait une odeur étrange, entre le moisi et la poussière. Jonas ressortait de ses lectures avec des mains sales à faire pâlir un ramoneur. Il ne lisait pas tout le texte, évidemment, mais il regardait toutes les photos.

L'année dernière, il avait lu en entier un reportage de 1978 sur le naufrage du pétrolier Amoco Cadiz au large des côtes bretonnes. Après avoir terminé sa lecture, Jonas était sorti en courant de la grange aux merveilles comme s'il avait un chien à ses trousses.

- Papi-Lion, je sais ce que je veux être plus tard.

– Déjà ?

– Je veux être journaliste !

– Bravo ! C'est un très beau métier. Moi, j'étais photographe quand j'étais jeune…

– Je croyais que tu étais libraire ?

– Et photographe.

– Et tu photographiais quoi ?

Il fallait toujours lui sortir les vers du nez à Papi-Lion.

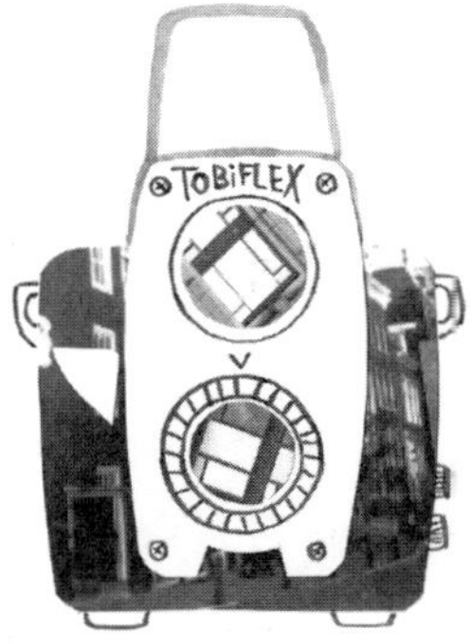

- Ta grand-mère.

Et Papi-Lion avait sorti d'une malle en bois un petit album relié en cuir. La malle en contenait bien une trentaine.

Et il l'avait ouvert comme on ouvre une boîte de marrons glacés à Noël, avec des étincelles au fond des yeux. Ses yeux avaient eu soixante-dix ans de moins !

Chaque album était de la taille d'un petit cahier d'écolier relié à la colle. Il y en avait de différentes couleurs. Papi-Lion en avait ouvert un, un vert foncé. Sur la première page, on voyait une photo en noir et blanc d'une jeune fille à la taille fine et au large sourire. Vêtue d'un tailleur de couleur claire, elle faisait mine de s'envoler devant le bâtiment du magasin principal de la **Samaritaine**, celui qui était situé sur les quais de Seine.

Papi-Lion regardait la photo fixement. Des larmes avaient commencé à ourler ses yeux.

- Tu es triste Papi-Lion ?

– Non Jonas, je me souviens.

– Qui c'est ?

– Ta grand-mère

– C'est Manou ? Elle a quel âge sur la photo ?

– Dix-huit ans.

– La **Samaritaine**, c'est là que tu travaillais, non ?

– Oui, C'est là qu'on s'est connu aussi.

– Fais voir les autres photos !

Papi-Lion avait tourné la page et là, une autre photo de Manou, devant le même bâtiment de la **Samaritaine**, vêtue autrement, semblant mimer cette fois une danseuse sur un fil. Jonas avait tourné à son tour la page et vu une autre photo de Manou dans une autre pose amusante, toujours devant la **Samaritaine**. Puis une autre encore, et encore une autre...

- Il n'y a que des photos de Manou devant la **Samaritaine** , c'est super bizarre !

Papi-Lion avait regardé Jonas, comme s'il cherchait à lire dans son cerveau.

- Tu dois être suffisamment grand aujourd'hui pour que je puisse te parler de cet épisode extraordinaire de la vie de ta grand-mère. Elle l'aurait fait elle-même si elle avait encore été parmi nous.

– Quoi ? Manou a fait des choses bizarres dans sa jeunesse ?

– Pas des choses bizarres, de grandes choses, Jo, de grandes choses.

AGRANDISSEMENT

Nom de code : Paloma.

– Ta grand-mère était une jeune fille pleine de vie, très cultivée. Elle était autodidacte* en tout. Elle aussi, elle dévorait les livres. Elle me disait souvent : « Si moi je ne sais pas et que je veux savoir, il est évident que je ne suis pas la première. Donc quelqu'un a dû écrire les réponses dans un livre pour éviter que d'autres continuent à se poser la question ». Elle était l'aînée d'une famille de sept enfants originaire du Poitou. Elle était venue à Paris pour devenir gouvernante dans une famille aisée, tout près de l'Hôtel de Ville. On était en 1936, c'était une période très importante pour les employés. C'est

* Autodidacte : personne qui a appris seule sans l'aide d'un professeur.

l'Assemblée Nationale de cette époque dont la majorité des députés étaient des élus d'un parti nommé le Front Populaire qui a voté les premiers congés payés, c'est-à-dire les vacances pour les adultes. Madeleine avait seize ans. Elle connaissait beaucoup de membres de ce parti car elle avait défilé dans les rues et aidé à organiser des manifestations pour soutenir les idées qu'elle partageait avec eux. C'est un peu compliqué à comprendre ce que je te raconte là, non ?

Jonas restait silencieux mais son cerveau fonctionnait à plein régime. Il voulait comprendre ce que Papi-Lion lui racontait sur Manou. C'était important. Manou avait été sa grand-mère, son amour de grand-mère, il voulait savoir ce qu'elle avait fait dans sa jeunesse que Papi-Lion trouvait si extraordinaire. Il interrompit Papi-Lion pour lui dire :

- Les députés, ce sont ceux qui votent les lois. Quand ils se réunissent, ils forment l'Assemblée Nationale qui a remplacé le roi. En fait, à la Révolution française, on a coupé la tête du roi pour que le peuple puisse choisir ses députés au lieu que ce soit un roi qui commande.

– Voilà ! Tu as tout compris.

– Et un parti politique, c’est quoi ?

– C’est un groupe de personnes qui défendent les mêmes idées. Idées qui, selon elles, permettront de bien gouverner le pays. Par exemple, le Front Populaire défendait des idées destinées à aider les employés. Mais je te raconte ça parce qu’au même moment, en Espagne, un parti semblable, le Front Populaire espagnol, a été en guerre contre un autre parti qui défendait des idées opposées. C’est là que Manou entre en scène.

Papi-Lion continua son récit sans demander à Jonas s’il comprenait ses explications :

- Manou me faisait prendre des photos d’elle devant la **Samaritaine**. Elle prenait des poses amusantes. Je développais les photos moi-même, car c’était ma seconde passion après les livres. J’avais beau avoir des prix sur certains produits grâce à mes relations de travail, ça me coûtait une bonne partie de mon salaire. Manou me demandait toujours une photo supplémentaire pour ses parents. Ainsi, d’une même photographie, je faisais toujours deux tirages. Je le faisais de bon cœur, une pour Manou, une pour ses parents. Et puis, un jour, nous étions invités à une fête chez une copine de Manou qui s'appelait Alba Rodriguez Molinos, une Espagnole, danseuse de flamenco, une sacrément belle fille ! Elle avait de ces yeux noirs, immenses, magnifiques ! Je dois avoir sa photo dans un des albums, un des rouges. Tiens, la voilà !

Jonas regarda la photo rapidement. À vrai dire, les yeux d'Alba lui faisaient un peu peur. Papi-Lion reprit son récit.

- Ce soir-là, j'étais si fatigué que j'ai demandé la permission de me reposer. Alba m'a autorisé à m'allonger sur son lit, dans sa petite chambre. Sur la table de nuit, il y avait une des photos que j'avais prise de ta grand-mère devant la **Samaritaine**. À côté de la photo se trouvait une enveloppe avec une adresse : Pepe Villapena, 21 Calle Alcala, Madrid, Espagne avec un petit texte : *Paloma t'envoie quatre baisers, regarde bien sa danse. Elle porte son pull-over rouge. Elle attend ta lettre à la Sainte Marie.* Paloma c'était ta grand-mère...

– Comment ça ? Paloma, c'était Manou ? Manou, c'est Madeleine qu'elle s'appelait !

– Le mot qui accompagnait la photo parlait de Manou, Paloma était un nom de code, c'est à dire un faux nom qu'elle utilisait pour que sa véritable identité reste secrète. Après ça, j'ai déboulé dans le salon avec la photo à la main. Ta mère et Alba se sont regardées en silence. « Bon, maintenant Madeleine, il va falloir le lui dire », avait dit Alba avec son accent andalou.

Et ta grand-mère m'a tout raconté, tout dit sur les photos et ses amis espagnols. Manou a appartenu à un réseau d'aide au Front Populaire espagnol pendant la guerre civile qui déchirait le pays. Une partie du réseau acheminait secrètement des armes. Ta grand-mère accueillait des réfugiés espagnols à Paris. Elle organisait le voyage de la frontière espagnole vers Paris, leur trouvait un logement et un travail. Les papiers étaient fournis par des employés de la mairie de Paris appartenant, eux-aussi, au réseau.

– Et pourquoi elle envoyait des photos d'elle en Espagne ?

– Ces photos constituaient des codes secrets qui lui permettaient d'envoyer des informations à ses camarades restés en Espagne. La plupart du temps, les photos voyageaient avec des Français qui résidaient à la frontière basque. Ils entraient ainsi en contact avec des Espagnols membres du réseau qui vivaient cachés dans les montagnes.

– Et elle ne s'est jamais fait prendre ?

– Non, les chefs du réseau côté espagnol étaient en quelque sorte des agents doubles, ce pouvaient être des familles très aisées, des notables en vue, qui faisaient mine de soutenir la dictature qui a suivi cette guerre civile tout en continuant à agir contre elle. Personne n'a jamais su, jusque dans les années 80, quel fut leur rôle pendant la guerre civile.

– Combien d'Espagnols Manou a-t-elle aidé à se réfugier en France ?

– 834 dont 326 enfants.

Nacho
au musée
à Madrid.

Nacho se sentait d'autant plus important dans son fauteuil que, non seulement il voyait tout le monde mais tout le monde le voyait lui : un petit garçon blond, avec des gants de cuir, poussant sur les roues de son fauteuil de compétition de handi-basket au milieu du musée Thyssen- Bornemitza.

Ce dimanche-là, la famille s'était levée très tôt pour aller petit-déjeuner à la *churreria** avant d'enchaîner par une « matinée musée ». Sachant qu'une matinée madrilène s'achève à 15 heures, heure à laquelle on commence

* Une « churreria » est un lieu où l'on sert des petits beignets chauds, les « churros », accompagnés d'un chocolat chaud à boire très épais.

à s'enquérir d'un restaurant pour le repas de midi. À la *churreria,* à eux trois, avec leur chocolat chaud, ils avaient approximativement englouti vingt-quatre churros de quinze centimètres de long.

L'exposition temporaire du musée Thyssen-Bornemitza concernait une série de photographies de Guiseppe Maura Villapena, un célèbre photographe né au début du XXe siècle.

> ***Après la guerre civile qui déchira l'Espagne de 1936 à 1939, cet homme a parcouru le monde à la recherche de lui-même en photographiant les gens, les animaux et les monuments qui l'interpellaient.***

C'était ce que disait le résumé de l'exposition écrit en lettres grises sur le mur peint en vieux rose à l'entrée de la salle.

Comme à son habitude, Nacho parcourut l'exposition dans un ordre qui lui était propre : d'abord les œuvres à la hauteur de ses yeux, celles qu'il pouvait voir seul puis, les œuvres situées au-dessus de sa tête. Et, en dernier, les œuvres placées à hauteur d'adulte, car pour celles-là, il lui fallait l'aide de ses parents qui demandaient gentiment aux visiteurs-écrans de s'écarter pour qu'il puisse se glisser devant eux. Tous se montraient très compréhensifs, lui cédant leur place sans ronchonner.

Il resta un long moment devant une photo en noir et blanc datée de 1938, portant le titre *Paloma devant la* **Samaritaine**. Ce mot « **Samaritaine** » lui semblait familier. Jusqu'à ce qu'une grosse dame lui présente son postérieur, ce qui le tira de ses réflexions.

À la fin de l'exposition, la famille passa par la boutique du musée pour permettre à Nacho d'acheter des cartes postales souvenirs.

Tiens ! La reproduction de *Paloma devant la* **Samaritaine**. Elle représentait une jeune femme vêtue d'une jupe plissée et d'un pull moulant posant devant un bâtiment majestueux sur lequel on pouvait lire **Samaritaine**.

- Mama, on l'achète, je vais la scanner et la mettre sur mon blog !

Maïté ne put s'empêcher de sourire, son garçon était évidemment comme les autres. Il vivait avec son temps, sa technologie et tous les gadgets qui vont avec.

De retour à la maison, Nacho entreprit de mettre son blog à jour. Il se rappela son premier article, publié dans le journal de son école, qui avait remporté un franc succès. Un article au titre provocateur, pour lequel il n'avait pourtant pas été félicité par sa maîtresse : *Juste en dessous de ta ceinture*. Son texte répondait à son désir de décrire ce qu'il voyait depuis son fauteuil roulant ; ce fut le seul article le concernant lui en particulier. Il s'était ensuite consacré aux arts : peinture, sculpture, architecture, dessins, joaillerie, photographie, cinéma. L'article qu'il allait rédiger sur l'exposition de photos de Guiseppe Maura Villapena du musée Thyssen-Bornemitza serait le vingt-huitième. Mais pour ça, il fallait encore qu'il se documente sur Internet. Les parents de Nacho étaient bien moins regardants que les parents de Jonas et Nacho s'en félicitait car il pouvait surfer sur Internet jusqu'à l'heure de leur coucher, c'est-à-dire parfois jusqu'à minuit.

Déjà sur Wikipédia : **Guiseppe Maura Villapena est né en 1916 et mort en 2010 à Madrid. Il était le fils aîné d'un homme d'affaires madrilène d'origine italienne et d'une Andalouse. Il avait cinq frères et sœurs.**

Lorsque la guerre civile éclate, il est étudiant en médecine. Il n'achèvera jamais ses études puisque, après la guerre civile, il parcourra le monde un appareil photo à la main.

Ensuite, les ouvrages en espagnol ou les extraits disponibles sur le Net. Pour la plupart, ils portaient tous sur sa vie : **Outre ses photos qui constituent aujourd'hui une collection appartenant à ses enfants, on lui doit également un recueil de poèmes.**

Nacho continua sa lecture avant de passer à la rédaction et à la mise en page.

Il était minuit quand il estima avoir terminé son article qu'il avait agrémenté de quelques photos dont *Paloma devant la* **Samaritaine**. De son fauteuil à son lit, il n'y avait qu'un tour de roue...

Lundi
6 avril,
la photo volée.

Dans la cour du collège, Jonas interpella Lola alors que le match battait son plein :

– Lola, laisse-moi te remplacer !

– Non, je te dis !

– Tu as mal, là, tu as mal ! Je le vois bien. Tu ne vas pas pouvoir plonger s'il le balance dans la lucarne !

Au même moment, Firmin, un grand Africain d'au moins un mètre soixante-dix tira et…

but ! Lola s'écrasa lourdement sur le flanc.

Faisant fi de sa douleur à la jambe gauche, elle avait

tenté l'arrêt en vol et était retombée maladroitement. Elle ne bougeait plus. Jonas se précipita vers elle.

– Lola, ça va ? Lo ? Répond-moi ! Lo, ça va ?

– Non, ça ne va pas ! murmura Lola dans un sanglot si déchirant qu'il fit accourir les deux équipes rivales.

– Nic, Clau, appelez l'infirmière et M. Adam ! Vite !

Jonas était blanc. La dernière fois qu'il avait vu Lola pleurer, c'était à l'enterrement de sa grand-mère Manou. Elle lui avait confié qu'elle aimait bien sa grand-mère mais que c'était surtout de le voir pleurer lui qu'elle n'avait pas supporté. Aujourd'hui, Jonas ressentait la même chose. Les larmes venaient, il ne pouvait pas les empêcher. Il ne fallait surtout pas qu'il cligne des yeux. Il mit la tête en arrière pour les empêcher de tomber.

- Jo, j'ai mal !

Elle lui avait pris la main et la serrait très fort.

M. Adam, l'homme à tout faire du collège, était accouru, vêtu de sa blouse de travail. Si celle de Martine l'infirmière était d'un blanc immaculé, la sienne était d'une couleur indéfinissable. Il tenta de la rassurer :

- Je ne vais pas te faire mal Lola, j'ai un brevet de

secourisme. Martine aussi va arriver. Tu as mal à la jambe gauche, c'est ça ?

– Oui.

– Tu as plongé ?

– Je suis gardien de but.

– Eh bien mon petit, il va falloir changer d'activité pendant un petit moment !

Au bout d'une dizaine de minutes, les pompiers étaient arrivés, un sourire rassurant aux lèvres.

- Je peux l'accompagner ? leur avait demandé Jonas.

– Non petit, tu iras la voir à l'hôpital ta petite copine.

Jonas ne répondit pas. Il ne reprit même pas le « ta petite copine ». Il fit juste un signe à Lola avec la main qu'elle venait de lâcher, une main rouge et brûlante.

De retour à la maison, il se précipita dans la cuisine où se trouvaient sa mère et sa petite sœur, occupées à préparer pour l'une et entamer pour l'autre, le goûter.

Jonas raconta tout. Les larmes ne coulaient pas mais sa voix tremblait d'émotion.

- Je pourrai aller la voir ce soir à l'hôpital avec Papi-Lion ? Il arrive toujours à la faire rire.

– Je vous accompagnerai, ne t'inquiète pas ! Je fais prendre son bain à ta sœur, je cours acheter des pizzas chez Salvatore et toi, pendant ce temps, appelle Papi-Lion et dis-lui que je le prends au retour.

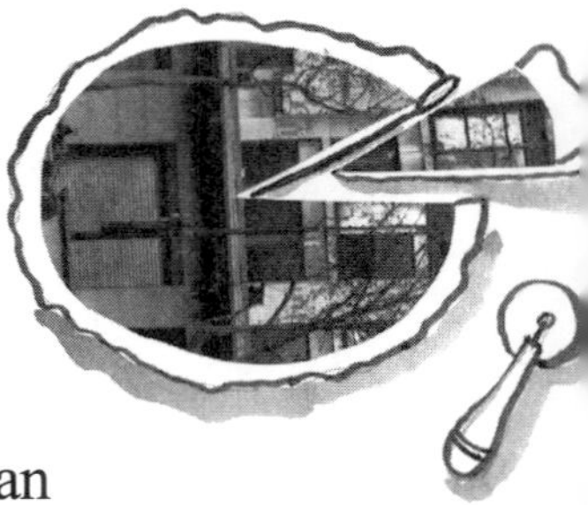

– D'accord Maman. Tu peux m'allumer l'ordi avant de partir ?

Geneviève Lumieux-Cordoue, la maman de Jonas, avait l'habitude de mettre des conditions préalables à l'allumage de l'ordinateur du genre : faire ses devoirs, mettre de l'ordre dans sa chambre, mettre le couvert ou encore ranger la vaisselle. Mais, dans ces circonstances, elle s'exécuta sans rien dire. Elle connaissait son fils. Il avait besoin de raconter l'accident à son ami Nacho.

En s'installant devant l'ordinateur, Jonas découvrit le dernier article du blog de Nacho : **Visite au musée Thyssen-Bornemitza.**

- *Tiens, il est encore allé au musée, Nacho adore les musées,* pensa-t-il.

Il se mit à lire l'article sur le photographe Guiseppe Maura Villapena. Soudain, ses yeux s'arrêtèrent sur une photo en noir et blanc.

- Dis donc, on dirait une photo de Manou prise par Papi-Lion devant la **Samaritaine**, s'exclama-t-il à haute voix.

Il déchiffra la légende : *Paloma devant la* **Samaritaine**, de Guiseppe Maura Villapena, 1938.

- C'est pas vrai ! C'est Manou ! C'est la photo de Papi-Lion ! On lui a volé sa photo ! Lola se casse la jambe, Papi-Lion se fait voler sa photo, c'est trop nul !

Jonas cogna du poing sur le bureau, en colère contre tout, le monde, l'univers et plus encore.

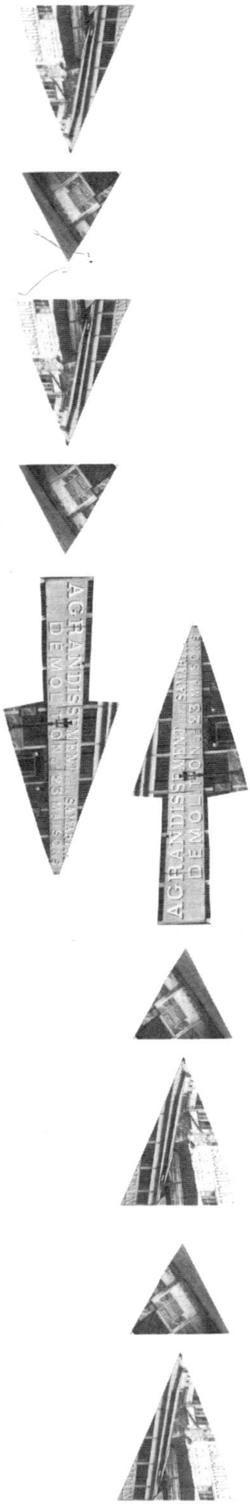

Jonas
et Papi-Lion
parlent à Nacho.

- Jonas ! Jonas ! Où es-tu ?

- Ici Papi-Lion, ici !

Jonas sécha ses larmes. Que fallait-il faire ? Tout dire à Papi-Lion ? Quelle serait sa réaction ? Ça allait peut-être le tuer, il était si vieux, il aimait tant Manou !

- Encore devant l'ordinateur ! Qu'est-ce que tu regardes ? Jonas se colla devant l'écran.

- Papi-Lion, j'ai découvert un truc mais si je t'en parle, tu me promets que tu ne vas pas mourir ou faire une crise cardiaque ?

Papi-Lion devint tout rouge.

- Tu ne regardes pas un de ces sites pour adultes, j'espère !

Là, je ne ferai pas de crise cardiaque mais je te donnerai une bonne fessée !

- Non, c’est pas ça ! Tu te souviens, Nacho, mon copain espagnol. Eh bien, il a écrit un article sur une exposition de photos qu’il est allé voir dans un musée à Madrid et il a mis une des photos sur son blog. Regarde !

Papi-Lion regarda l’écran longuement avant de se tourner vers son petit-fils d’un air indéfinissable, un peu comme s’il avait vu un fantôme.

- Je sais, Papi-Lion, c’est ta photo, on te l’a volée. On va découvrir pourquoi elle se trouve dans ce musée en Espagne et qu’on l’attribue à un autre, je te le promets.

C’est alors que Papi-Lion prit les mains de son petit-fils en prononçant ces mots inattendus :

- Je croyais qu’il était mort, Jonas, je croyais qu’ils l’avaient tué !

– De qui tu parles ?

– De Pepe !

– C’est qui Pepe ?

– Ce Guiseppe Maura Villapena, c’est celui qui recevait les lettres codées de Manou. Je ne connaissais que son nom de code : Pepe Villapena dit « l’Italien ». Il était chef de réseau, comme Manou. Il n'a pas volé ma photo. Alba la lui a envoyée, comme beaucoup d'autres d'ailleurs. Pepe venait souvent à Paris. Il pouvait voyager plus facilement que les autres.

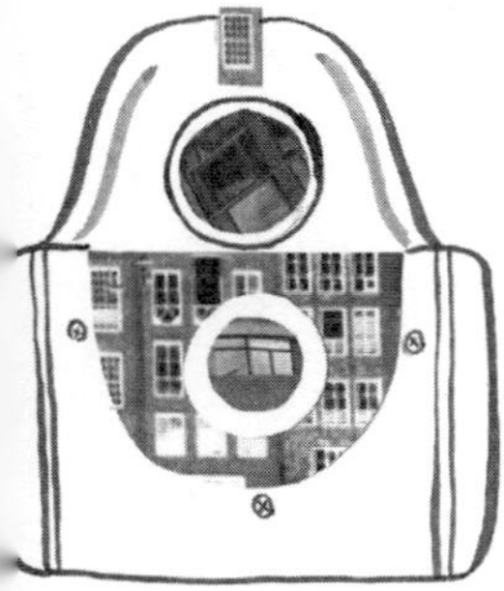

– Tu l'as rencontré ?

– Oui, deux fois. Les deux fois, on a parlé « photo ». Je ne savais pas qu'il était photographe lui-même. En tout cas, un jour de 1939, il n'est pas venu à un rendez-vous et Manou ne l'a plus jamais revu. La guerre venait d'être déclarée en France mais la frontière pouvait encore être franchie. On en a déduit qu'il était mort car plus personne ne nous a donné de ses nouvelles.

– En tout cas, on dit que c'est lui qui a pris Manou en photo.

– Ils ont dû trouver cette photo dans ses affaires et pensé qu'elle était de lui. C'est quand même dommage qu'il soit mort, j'aurais bien aimé parler avec lui de ce temps-là. Tu sais, à part avec Manou, je n'ai jamais eu l'occasion d'évoquer toute cette époque.

– Papi-Lion, maintenant il faut leur dire que c'est ta photo et pas celle de ce photographe espagnol.

– Tu crois ? Pour quoi faire ? Ce n’est qu’une vieille photo.

Jonas était un peu déconcerté. Oui, au fait, pourquoi lever le voile sur cette erreur de photographe ?

- Parce que ce n’est pas sa photo à lui, c’est la tienne ! Et sur la photo, c’est notre Manou !

Papi-Lion n’avait pas l’air de se rendre compte de la gravité de la situation.

Jonas devait parler à Nacho, cela devenait urgent. Il tapa un e-mail à la vitesse de l’éclair : « Appelle-moi sur *Skype*, c’est super important. »

Les quatre minutes qui suivirent lui parurent très longues d’autant plus que Papi-Lion lisait à haute voix la biographie publiée par Nacho. Jonas la lui avait imprimée et, tout en lisant, Papi-Lion faisait des commentaires, comme quand il évoquait un ami disparu en déchiffrant l’annonce de ses obsèques dans le journal local.

La petite sonnerie retentit. En deux clics, le visage de Nacho apparut sur l’écran.

- Salut Jo ! Tu as une urgence ? Qu’est ce qui se passe ?

– Plein de trucs Nacho, plein de trucs. Bon, je commence par le début. Tout à l'heure, je vais à l'hôpital voir Lola qui a dû se casser la jambe. Je ne sais pas encore exactement. Bref j'ai peur pour elle. Surtout qu'elle ne pourra plus jouer au foot pendant un moment, c'est super nul. Et puis, le deuxième truc, j'ai lu le dernier article de ton blog. Super intéressant. Mais je t'appelle avec mon grand-père à propos de la photographie que tu as mise. Viens Papi-Lion ! Nach, je te présente mon grand-père : Raoul Lumieux. Tu vois pourquoi je l'appelle Papi-Lion maintenant (il tritura la crinière blanche de son Papi). Papi-Lion, je te présente Nacho, enfin, Ignacio Zamora Buenaventura.

– Bonjour Nacho ! salua Papi-Lion.

– Nach, je t'appelle parce que la photo *Paloma devant la* **Samaritaine** , c'est mon grand-père qui l'a prise et, sur la photo, Paloma, c'est ma grand-mère.

- Tu rigoles ?

- Non, non !

- C'est vrai, c'est vous qui l'avez prise la photo ? demanda Nacho à Papi-Lion.

– Oui, c'est moi. C'était en 1938, l'année est exacte. Mais ce n'est pas Pepe qui l'a prise, c'est moi.

– Vous avez connu Guiseppe Maura Villapena ?

– Oui et dans des circonstances bien particulières...

Pendant que Papi-Lion racontait l'histoire de sa vie et de Manou, authentifiant les circonstances dans lesquelles la photo s'était retrouvée en Espagne entre les mains de Pepe Maura, Jonas était descendu dévorer une part de pizza, tout en voulant expliquer, la bouche pleine, à sa mère le pourquoi du comment de son excitation. Geneviève tentait de comprendre le discours décousu de son fils. Elle réussit à retenir : photo volée, musée, Espagne, Papi-Lion, Manou, Nacho et 1938.

- Je remonte Maman ! J'ai laissé Papi-Lion en grande conversation avec Nacho. Il ne manquerait plus qu'ils se parlent en espagnol ! Si c'est le cas, on sera là encore demain !

– Dépêchez-vous ! Jonas, on doit se rendre à l'hôpital maintenant, sinon on va rater l'heure des visites !

Quand Jonas remonta, sur l'écran, Nacho agitait les bras dans tous les sens !

- C'est une super histoire Monsieur Papi-Lion, il faut absolument révéler au monde entier que c'est votre photo !

Lola sait ce qu'il faut faire.

Lola était allongée sur son lit d'hôpital, la jambe complètement immobilisée.

- Montre-moi la photo, Jo !

Lola avait sorti son ordinateur portable de sous son oreiller. Jonas lui montra la photo sur le blog de Nacho.

- Elle était belle Manou quand elle était jeune ! dit Lola admirative.

– Ah ça oui ! Elle était belle, tout comme Geneviève ! dit fièrement Papi-Lion.

– Merci Papa mais Maman était bien plus jolie que moi au même âge.

Geneviève, la maman de Jonas, était modeste.

- Il faut retrouver le négatif de la photo. Vous l'avez ? demanda Lola à Papi-Lion un peu pris de court.

– Oh, je ne sais pas. En principe, oui ! Il doit être classé dans une boîte en fer, comme tous mes négatifs. Je ne les ai pas touchés depuis très longtemps, c'est fragile.

– Avec le négatif, vous serez en mesure de prouver que vous êtes l'auteur de la photo, insista Lola. Mon parrain est journaliste. Il m'a raconté qu'un jour, on avait mis le nom de quelqu'un d'autre sous l'une de ses photos dans « Courrier International ». Il a dû se déplacer avec son négatif au siège du journal parce qu'il n'avait pas voulu l'envoyer par la poste. Tu parles ! Si tu perds ton négatif, « t'es mort », c'est comme si tu perdais ton nom sous la photo.

– Et si Papi-Lion ne le retrouve pas ? Interrogea Jonas, inquiet.

– Alors, il ne pourra rien prouver, répondit Lola en haussant les épaules.

– C'est Manou qui est sur la photo et Manou, c'était sa femme.

– C'était, Jonas, c'était. Manou est morte, Guiseppe

est mort. Aucun d'eux ne pourra témoigner et dire que la photo a été prise par Papi-Lion.

– Donc, il faut absolument retrouver ce négatif, répéta Jonas.

– Oh ! J'aimerais tant vous aider ! s'agita Lola, toute triste.

– On attendra que tu sortes de l'hôpital, pas de problème.

– Je ne vais pas sortir tout de suite, je dois me faire opérer.

– Te faire opérer ? Mais de quoi ? demanda Jonas inquiet.

– Ils doivent me réduire la fracture et ensuite je devrai me déplacer en fauteuil roulant pendant plusieurs semaines.

– En fauteuil roulant, comme Nacho !

– Ah bon, ton ami Nacho lui aussi s'est cassé la jambe ? demanda Papi-Lion qui trouvait Nacho fort sympathique.

– Non Papi-Lion, je te l'ai déjà dit il y a longtemps, il est paraplégique*.

Jonas n'aimait pas ce mot.

* Un paraplégique est une personne qui n'a pas l'usage de ses jambes.

– Ah ! C’est lui le petit en fauteuil dont tu me parles tout le temps ! Excuse ton vieux Papi-Lion, je n’avais pas fait le rapprochement. Si jeune, si ce n’est pas malheureux !

– Non, il n’est pas malheureux. C’est le copain le plus joyeux que je connaisse et en plus, il ne se plaint jamais.

– Tu as raison, je ne devrais pas me plaindre, dit Lola en baissant la tête.

– Je ne disais pas ça pour toi Lola.

– Quelques semaines dans un fauteuil roulant, ça n’a rien à voir avec toute une vie. En plus, j’aurai un fauteuil électrique. Le kiné m’a dit qu’il était super moderne et aussi simple à utiliser qu’une console de jeu. Mais, ne perdez pas de temps à attendre que je sorte de l’hôpital, lancez les recherches dès demain !

– Demain, à 18 heures, on viendra avec Papi-Lion. On appellera Nacho de ta chambre, vu que tu es équipée.

– Super !

Lola avait le sourire. Mission accomplie sans que Papi-Lion ait eu recours à ses petites blagues, toutes usées mais efficaces, pour faire rire Lola.

Jonas se sentait bien mieux qu'en fin d'après-midi. Il avait l'impression que tout s'était arrangé : le visage radieux de Lola, le rendez-vous fixé avec Nacho, l'excitation de son grand-père qui s'en trouvait comme rajeuni. Tout cela semblait indiquer que le dénouement de l'histoire serait heureux.

AGRANDISSEMENT

Mardi 7 avril,
la curiosité
n'est pas
un vilain défaut.

Le lendemain, mardi, il fallut se rendre au collège. Ce n'est pas parce qu'il se passe des choses extraordinaires en dehors du collège que celui-ci disparaît comme par enchantement.

Jonas s'était levé très tôt afin d'engager des recherches avec Papi-Lion mais Papi-Lion n'était pas réveillé. Lui, il n'allait pas au collège et avait apparemment oublié son réveil.

Jonas lui avait laissé un mot sur la table : « N'oublie pas de chercher le négatif » et était parti avec une envie de déplacer les montagnes. Sur sa lancée, il avait préparé le petit-déjeuner et mis la table, à la surprise générale.

Gustave Cordoue, le papa de Jonas, qui avait eu droit la veille au récit de son épouse, écouta patiemment le discours de son fils, un sourire aux lèvres.

- Je comprends pourquoi tu es si excité. C'est le moment d'utiliser tes talents de futur journaliste ! Cette histoire va bien occuper ton grand-père. Cela lui changera les idées. Eh ! Il est l'heure, tu vas être en retard à l'école… euh pardon, au collège !

Sur le chemin, Jonas se demanda s'il devait parler de l'histoire de la photo de Papi-Lion à ses copains.

Quand il arriva en vue de la cour, il aperçut ses deux amis en compagnie de Charlotte. Leur discussion semblait animée : il suffisait de regarder leurs bras s'agiter en l'air, leurs jambes qui sautillaient sur place et leurs visages crispés. Pour les entendre, il fallait s'approcher car ils parlaient tout bas :

- Moi, je suis sûre que Lola me cache quelque chose, elle n'est pas comme d'habitude au téléphone, disait Charlotte.

- Encore le truc des filles… la mission féminine, soupira Claudius.

- Mais non, c'est pas « la mission féminine », c'est « l'intuition féminine ». On ressent les choses et quand on nous dit ce que c'est, on dit : « je le savais ! ». C'est ça « l'intuition féminine.»

- Charlotte, moi aussi ça m'arrive de dire « je le savais ! » Mais moi, j'appelle ça la logique ! répliqua Claudius.

En bon arbitre, Nico mit fin aux hostilités.

- C'est bon vous deux, arrêtez ! On est là pour savoir qui va parler à Jonas pour lui demander ce qu'il y a… Moi, je propose…

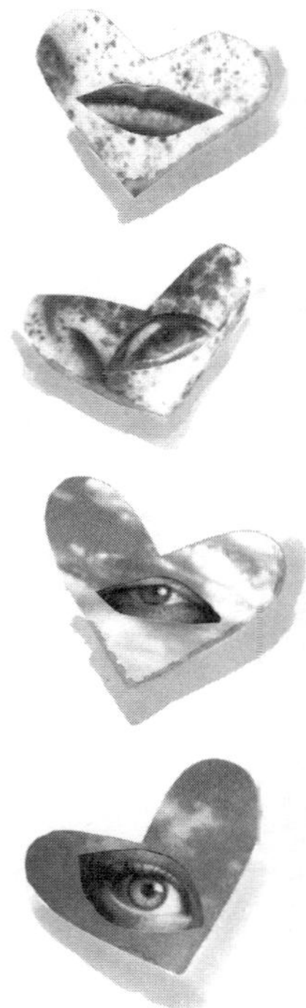

- Salut !

Jonas avait fait sursauter les trois comploteurs, surtout Nicolas, interrompu au milieu de sa phrase.

- Lola et moi, on attendait ce matin pour vous mettre au courant…

- Vous sortez ensemble, je le savais ! s'exclama Claudius.

- Non Claudius, non ! répondit Jonas devenu tout rouge, plus exactement cramoisi.

- Ah ! Pourtant ça me paraissait logique.

- Toi, c'est sûr ! Tu n'as pas d'intuition féminine. En plus, tu es super lourd ! soupira Charlotte, désespérée par Claudius.

Jonas leur conta toute l'histoire en un temps record, très exactement entre 7 h 35 et 8 heures, heure de

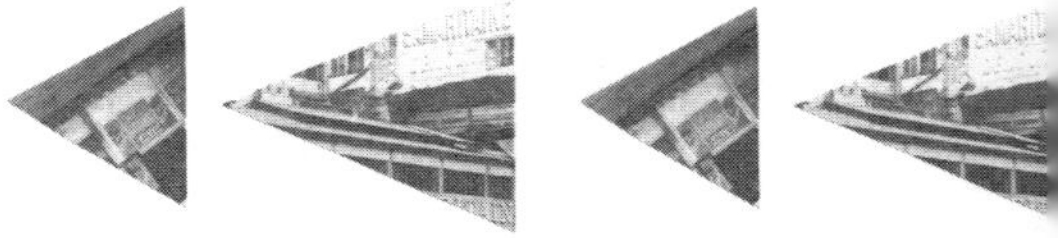

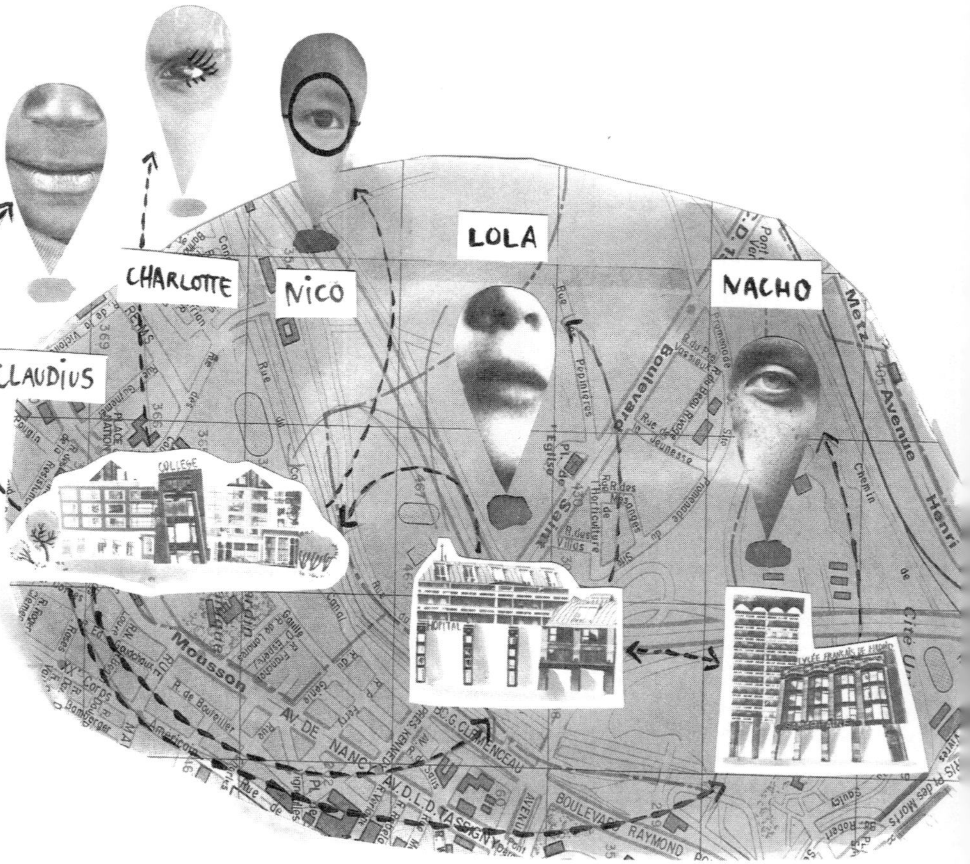
CHARLOTTE
NICO
LOLA
NACHO
CLAUDIUS
COLLEGE
Mousson
AV. DE NANCY
BOULEVARD RAYMOND

la sonnerie annonçant le début des cours. Il conclut par :

- Les amis, il faut absolument qu’on retrouve le négatif et que le nom de mon grand-père soit sous cette photo, dans le musée, à Madrid. Vous voulez bien m’aider ?

- Oui !

- Ouais, évidement Jo !

- Bien sûr, mon pote !

- Merci à tous les trois.

Jonas en avait les larmes aux yeux. Beaucoup d’amitié, ça fait déborder le cœur. Il se trouvait soulagé. Il avait craint que l’histoire de son grand-père paraisse complètement bizarre ou inintéressante comparée aux matchs de foot, aux jeux vidéo ou aux livres. En fait, il avait craint que Nicolas, Claudius et Charlotte ne se prennent pas au jeu et ne s’intéressent pas à l’histoire de la photo de Papi-Lion. Maintenant, comme ils faisaient eux aussi partie de l’aventure, Jonas disposait de cinq cerveaux : trois sur place au collège, un à l’hôpital et un à Madrid, tout ça pour faire avancer le dossier de la photo volée.

Charlotte fut chargée des recherches sur Internet à propos de Guiseppe Maura Villapena dit « Pepe ». Le but était de trouver des traces de ses activités pendant les années de guerre civile en Espagne afin d'appuyer les dires de Papi-Lion au cas où le négatif ne serait pas retrouvé.

Nicolas fut chargé des recherches sur le commissaire de l'exposition, qui était une dame de l'âge de sa mère, « super canon » selon les dires de Claudius qui avait vu sa photo sur Internet.

Claudius, lui, décida de lui-même :

- Moi, l'informatique, c'est pas mon truc. Je vais aider ton grand-père à trouver son négatif. Il peut compter sur moi après les cours. Aujourd'hui, je sors à 15 h 30. J'adore ranger les caves et les greniers, on trouve toujours des trucs géniaux et, la plupart du temps, les gens te les donnent puisqu'ils ne s'en servent plus !

On était mardi, jour du club d'informatique. Monsieur Giraud nota que certains de ses élèves, d'ordinaire agités ou distraits, étaient profondément concentrés sur leur ordinateur. Il y avait même des nouveaux : Claudius et Nicolas. Charlotte faisait des recherches au lieu de se consacrer à ses productions littéraires (essentiellement des poèmes). Nicolas effectuait lui aussi des recherches au lieu de s'informer des derniers résultats de foot. Claudius, lui, se déplaçait dans la classe avec un cahier et un stylo, se penchant au-dessus de l'épaule soit de Charlotte, soit de Nicolas ou de Jonas au lieu de dormir la tête posée sur son clavier. Et Jonas, un garçon pourtant motivé par le concours du meilleur blog, Jonas écrivait des courriels.

Il se passait quelque chose. Monsieur Giraud allait mener sa petite enquête…

Cloche de fin ! Hop ! La cantine, un coin tranquille. Et la petite bande se retrouva :

- Bon, qu'est-ce que vous avez trouvé ?

Jonas était presque hors d'haleine sans avoir couru.

Claudius prit la parole le premier :

- J'ai fait une liste pendant le cours d'informatique. Toi, Charlotte, tu m'as dit que t'avais trouvé une référence. Et

toi Nico, tu m'as dit que la dame super canon commissaire de l'exposition, était spécialisée en expositions de photos.

- Oui, dit Charlotte, je n'ai trouvé qu'une seule référence en tapant « Guiseppe Maura Villapena » et « guerre civile ». C'était une phrase dans un article d'une revue d'art qui disait : **Guiseppe Maura avait coutume de dire que les passions naissent de rencontres et pour lui, cette rencontre avait eu lieu à Paris dans les années 30 alors que l'Espagne était en pleine guerre civile.**

- Cette rencontre, c'était Papi-Lion ! s'écria Jonas.

- Je vais revoir le texte et essayer de trouver le nom de l'auteur, ajouta Charlotte, enthousiaste.

- Tu aurais pu tomber sur un texte en espagnol et vu que tu n'en n'as jamais fait, tu n'aurais rien compris, Charlotte ! dit Claudius moqueur.

- Ben non, Neuneu ! J'ai fait la recherche exclusivement en français !

- Mince ! Heureusement que tu es là Claudius ! Il faut aussi faire les recherches en espagnol, on trouverait sûrement plus de trucs ! s'exclama Jonas.

- Ah oui ! Et on traduit tout avec un traducteur automatique sur Internet ? Charlotte était pragmatique.

- Non, on a mieux, on a Nacho ! interrompit Jonas, très fier d'avoir un ami bilingue.

- Et toi Nico ?

- OK. La dame que Claudius trouve à son goût est bien commissaire d'expositions de photos. J'ai trouvé son nom dans des catalogues d'exposition. Il y en avait un avec son « *curriculum vitae* », je ne sais pas ce que ça veut dire mais, en gros, ça disait tout ce qu'elle avait fait avant. J'ai lu qu'elle est propriétaire d'une galerie d'exposition à Barcelone. J'ai aussi fait une recherche d'images. Elle fréquente du beau monde. Elle est photographiée avec des chanteurs connus ! Bon, ne me demande pas leur nom, j'ai oublié. Elle a des photos aussi avec le photographe de l'exposition, Guiseppe…

- … Maura Villapena. Ça veut dire qu'ils se connaissaient ! Jonas était tout excité.

- Sûrement… dit Nicolas, hésitant.

- Ils n'en parlaient pas dans les articles ? demanda Charlotte.

- Quels articles ? interrogea Nico.

- Ceux qui contenaient les photos que tu as trouvées, banane !

- Je ne sais pas, je ne les ai pas lus !

- Nico, il fallait lire les articles en cliquant sur « voir l'article ». Ça sert à ça les recherches d'images !

- J'aurais dû les lire ? Mince ! Nico se tapait la tête avec le poing. Je n'aurais jamais cru que ça sortirait de ma bouche mais Charlotte, tu as raison !

- Merci Nico !

Charlotte arborait un large sourire, tellement inhabituel que Nicolas en fut surpris.

- Bon moi, continua Jonas, j'ai envoyé un message à Nach et Lola pour leur dire comment on s'organisait ici entre nous pour les recherches et pour qu'ils me donnent leurs idées ce soir. J'ai également essayé de trouver des informations sur la danseuse de flamenco, la copine de Manou.

- Qui c'est ? demanda Claudius.

Et Jonas dut parler à ses amis d'Alba, la danseuse de flamenco, celle qui passait les messages à ses compatriotes espagnols, messages codés que Manou envoyait à travers les photos prises par Papi-Lion.

- Alors les chercheurs, on complote ?

Monsieur Giraud était passé devant eux sans s'arrêter avec un mystérieux sourire aux lèvres…

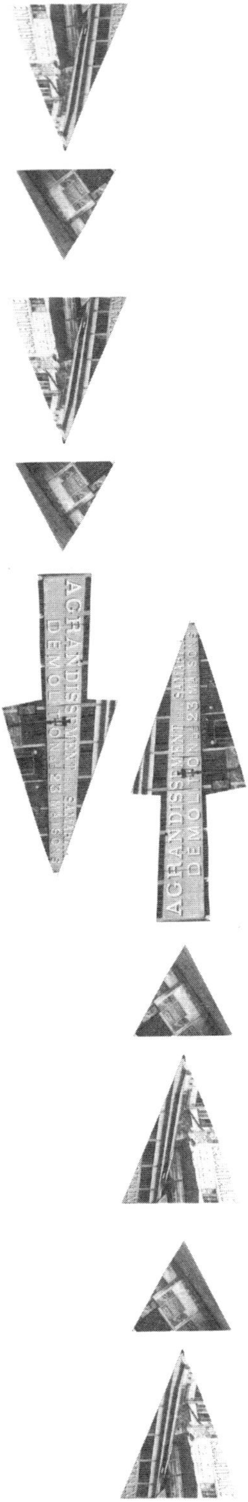

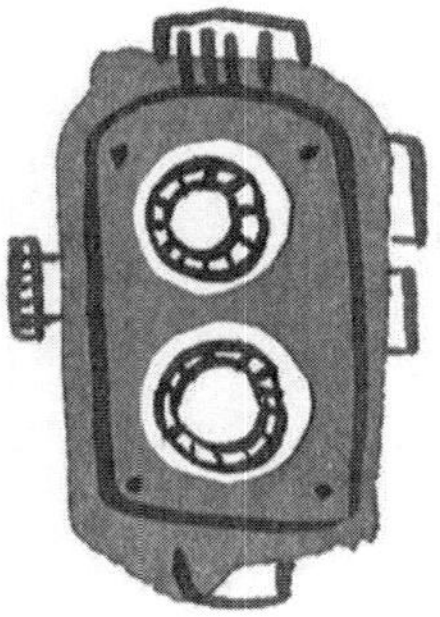

Claudius à la rescousse de Papi-Lion.

Papi-Lion s'était levé vers 9 heures, les yeux tout collés : il avait oublié de mettre ses gouttes la veille au soir. Avec toute cette excitation, il avait même oublié de prendre son médicament. Il avait quand même vu le mot de son petit-fils : « N'oublie pas de chercher le négatif ».

Papi-Lion avait effectué tous ses gestes du matin car à son âge, on ne change pas ses habitudes : le petit-déjeuner avec le pain de la veille, plus dur et bien meilleur pour les dents, de la confiture confectionnée avec les fruits du verger des voisins, un café au lait et un grand verre d'eau avec du bicarbonate de soude pour faciliter la digestion.

Ensuite, la toilette, bien plus facile depuis que son gendre avait fait remplacer la baignoire par une douche à l'italienne. Papi-Lion n'avait plus à lever la jambe pour entrer dans la baignoire et risquer de « s'éclater la tronche » comme avait dit un jour Jonas.

Le téléphone avait sonné alors qu'il était sous la douche (c'était Jonas) mais Papi-Lion n'était pas en mesure de répondre. Alors, il avait lancé un « Et puis zut ! » et avait continué sa toilette. Papi-Lion avait ensuite enfilé son slip

méga grand, son maillot de corps à trous et son plus vieux bleu de travail pour entamer la recherche du négatif dans la grange.

Après quelques heures passées à déplacer les objets, à les manipuler pour vérifier leur état (toute vérification se terminant par un « c'est encore en bon état » ou le classique « ça peut toujours servir »), Papi-Lion avait dû s'asseoir, les jambes fatiguées et la faim au ventre.

Il s'était donc dirigé d'un pas lent vers la sortie, avait refermé la grange et s'en était allé déjeuner avant de s'octroyer une petite sieste.

Il était 16 heures quand Papi-Lion s'en retourna à la grange du Père Cossou.

À 16 h 30, il entendit frapper à la porte :

- Monsieur Papi-Lion ! Monsieur Papi-Lion !

C'était Claudius, le copain de Jonas.

- Je viens vous aider à trouver le négatif ! Vous l'avez déjà retrouvé ? Visiblement non, hein ? Bon, alors, qu'est-ce que vous voulez que je fasse ? Vous savez dans quelle… zone… il peut se cacher ?

Claudius était impressionné, il n'avait jamais vu autant de choses rassemblées pêle-mêle dans un si grand espace. C'était le paradis ! La caverne d'Ali Baba !

- Eh bien, j'ai dû faire dans ma vie plus de vingt mille photos. Les négatifs, comme les photos, je les ai rangés dans beaucoup d'endroits différents, classés selon les époques.

- Et c’est comment exactement un négatif ?

Papi-Lion resta un petit moment ébahi. Évidemment ! Cet enfant n’avait pas dû voir beaucoup de négatifs dans sa vie, les appareils argentiques ayant été remplacés par les appareils photos numériques.

- Avec les anciens appareils, les appareils argentiques, quand on appuyait sur le bouton, la lumière pénétrait dans l’appareil et imprimait l’image sur ce qu’on appelle une pellicule, un ruban d’une matière spéciale dite « photosensible » grâce à une mince couche de sels d’argent. Ensuite, on développait la photo. C’est-à-dire qu’on trempait le négatif dans un produit chimique grâce auquel l’image apparaissait : le révélateur. On se servait du négatif pour imprimer la photo sur du papier spécial. Sur le négatif, les parties sombres sont les couleurs claires de la photo et les parties claires sont les couleurs sombres.

- Vous voulez dire que Maman qui a la peau noire, sur le négatif, elle serait claire, et mon Papa, qui a la peau blanche, sur le négatif, il serait foncé ?

- Ah ! Ah ! Ah ! Ah ! Sacré Claudius ! Oui, si tu veux !

Papi-Lion voyait en Claudius son successeur en tant que roi de la blague.

- Moi, dit Claudius, les négatifs, je les aurais rangés avec les photos, c'est logique !

Papi-Lion était d'autant plus ravi de voir Claudius que celui-ci manipulait les objets avec respect et dextérité. Il n'avait donc aucune crainte pour son patrimoine et la présence du garçon lui donnait du courage.

Claudius avait un autre rythme que celui de Papi-Lion. En une heure, il avait couvert une surface de 50 m^2 et avait déjà mis de côté sept boîtes de fer blanc contenant toutes des négatifs. Il avait également trouvé des petites malles d'albums contenant des photographies en noir et blanc.

Papi-Lion, lui, avait trouvé deux boîtes de négatifs et mis de côté la malle des albums des années « **Samaritaine** » contenant peut-être le second tirage de la photo du musée Thyssen-Bornemitza.

- Papi-Lion, alors, tu l'as trouvé ?

Jonas avait déboulé comme un ouragan dans la grange.

- On ne sait pas encore mais on a trouvé pas mal de

boîtes de négatifs. Mais pour reconnaître la photo, faut de bons yeux, c'est super dur.

Claudius avait ses cheveux frisés couverts de poussière.

Encore un instant de bonheur : son grand-père et son ami couverts de poussière et souriants. Pourquoi n'avait-il pas son appareil photo sur lui ? Il aurait volontiers immortalisé cet instant.

- Bon, on fera ça plus tard, ajouta Jonas, c'est l'heure d'aller voir Lola et Nacho !

- Moi, je vais porter tout ça chez moi, dans mon grenier, et je vais commencer à chercher le négatif de la photo que tu nous as montrée. Vous êtes d'accord Papi-Lion?

- Oui, oui, Claudius ! Toi, tu as de bons yeux, tu vas le trouver. Prends la brouette, là, dans le coin jardinerie. Pour le transport, c'est mieux ! Et n'oublie pas la visionneuse ! avait complété Papi-Lion.

- Monsieur Papi-Lion, j'ai repéré un microscope, vous vous en servez ?

- Tu peux le prendre Claudius. Je te l'offre avec plaisir. Tu sais, j'ai perdu les caoutchoucs qui permettent d'éviter de rayer les lunettes, alors je ne peux plus m'en servir.

- Merci Monsieur Papi-Lion !

Claudius avait montré toutes ses dents tant il était heureux.

- Je te l'avais dit, Jo, on récupère toujours quelque chose !

Jonas admirait son ami Claudius à qui il arrivait toujours ce qu'il prédisait. Tout ça grâce à sa logique, Claudius ne possédant pas une once d'intuition féminine.

Nacho enquête
sur le terrain
à Madrid.

Nacho avait reçu le courriel de Jonas à 11 h 40 précises, pendant l'heure consacrée aux recherches au CDI*.

Chers Nacho et Lola,

Ici, j'ai mis au courant les copains. Ils se doutaient que quelque chose se passait. Chacun a une mission de recherche : Charlotte sur la vie de Guiseppe Maura Villapena pour prouver que Papi-Lion et lui se sont rencontrés, Nicolas pour en savoir plus sur la commissaire de l'exposition et Claudius pour aider Papi-Lion à trouver le négatif. Moi, je

* Centre de documentation et d'information

cherche à retrouver quelqu'un que Papi-Lion et Manou, ma mamie, ont connu à cette époque et qui serait encore vivant. Je pense à l'amie de Manou, Alba.

Heureusement qu'on a le club informatique pour s'envoyer des e-mails. Je n'ai pas du tout envie de travailler. En fait, tout ce que je veux, c'est que Papi-Lion pense à autre chose que la mort de Manou et cette histoire lui a rendu le sourire. Aidez-moi à trouver d'autres idées. À toute à l'heure.

Jo

Tout le monde se bougeait en France et lui, qui se trouvait sur le lieu du *scoop**, il ne faisait rien. Une idée… Nacho tenait **LA** super idée. Mais ça l'obligeait à se déplacer. Il devait se déplacer maintenant.

Mais Nacho se trouvait encore au CDI du Lycée Français. Il avait mal à la tête à cause de l'ouragan qui se déchaînait à l'intérieur : « *Et si je faisais croire que j'étais malade ? J'aurais plus de temps pour penser à l'affaire.*

* Un scoop est une information importante parvenue à un journaliste qui est le seul à la révéler.

Oui, mais Maman ne voudra pas me laisser tout seul à la maison, alors je serai obligé de rester à l'infirmerie du Lycée Français... sauf si elle appelle Luz ! »

Luz* était étudiante en kinésithérapie. Au début, elle faisait un peu peur à Nacho avec ses piercings dans la langue, dans le nez et ses tatouages sur le corps mais il s'était habitué rapidement à ses originalités tant elle était drôle. Et, ce qui jouait en sa faveur, c'est qu'elle faisait les meilleurs massages du monde.

Nacho se cacha dans les rayonnages peu fréquentés, loin de la surveillante, pour lui téléphoner.

- Salut Luz !

- Nacho ! Tu n'es pas en cours à cette heure-ci ? Qu'est-ce qui t'arrive ?

- Je vais bientôt avoir tellement mal à la tête qu'il faudra que tu viennes me chercher pour me garder à la maison. Tu peux ?

- Nacho, qu'est-ce que tu racontes ? Tu veux sécher les cours et tu veux que je sois ta complice ? C'est très mal !

* On prononce Louss, Luz veut dire « lumière ».

Nacho avait un peu honte. Dis comme ça, son idée avait l'air d'une grosse bêtise.

- Ça ne ressemble pas au Nacho que je connais. Raconte-moi ce qui t'arrive.

- Luz, je n'ai pas le temps de te le raconter tout de suite, mais je te jure que c'est pour une bonne raison. Fais-moi confiance Luz. Je ne te mens jamais.

- Ouh ! Menteur d'un jour, menteur toujours ! Bon, tu as de la chance, j'ai un penchant pour les menteurs de 12 ans. Je me libère et je t'envoie un texto quand c'est bon. Et comment comptes-tu faire pour convaincre ta mère de m'appeler – et de me payer – pour te garder aujourd'hui ?

- Ça, c'est mon affaire ! Merci Luz !

Nacho devait agir rapidement. D'abord, il fallait être chaud afin de simuler une poussée de fièvre. Nacho prit deux dictionnaires et commença à s'en servir comme de petits haltères. Au bout de dix minutes, il était en nage, complètement essoufflé. Il se dirigea alors vers la surveillante.

- Madame, je me suis évanoui dans le fond du CDI, je ne me sens pas bien, j'ai très, très chaud, je n'arrive pas bien à respirer.

- Oh ! Mon Dieu ! Je t’emmène tout de suite à l’infirmerie.

Nacho avait eu envie de rire parce que la dame, dans son affolement, se cognait dans tous les meubles du CDI, tout en poussant des petits cris et en s’exclamant : « Oh ! Excuse-moi ! » « Tu ne t’es pas fait mal ! » « Oh ! Zut ! Encore un meuble ! »

Une fois à l’infirmerie, une toute autre ambiance. Nicole, l’infirmière, d’un naturel très posé et très calme, s’était assise sur une chaise pour examiner Nacho.

- Que t’est-il arrivé ?

- J’étais penché sur mon livre et puis j’ai eu très chaud. Après, je crois que j’ai eu un malaise ; je me souviens juste que je me suis réveillé en ayant très, très chaud.

- C’est un petit évanouissement. Tu es fatigué en ce moment ?

- Oui Madame. Je ne dors pas bien, j’ai des nœuds dans le dos, mal à la colonne vertébrale et la position assise sur le fauteuil m’est pénible.

Maïté, sa maman, arriva complètement échevelée, ce qui, dans son cas, signifiait que quelques boucles lui tombaient sur le visage.

- *Cariño*[*], comment vas-tu ?

- Il va bien Maïté mais il serait préférable qu’il se repose. Si tu ne peux pas l’emmener, je peux le garder ici jusqu’à ce soir.

Nacho prit la main de sa maman.

- Mama, j’ai vraiment envie de rentrer me reposer à la maison. Tu ne penses pas que Luz pourrait venir me chercher ? Nacho savait que « oui » : il avait reçu le texto de Luz pendant le trajet entre le CDI et l’infirmerie.

- Luz ? Mais bien sûr ! Oh, j’espère juste qu’elle est libre. Je l’appelle.

Et… Miracle !…

* « Cariño » signifie mon chéri.

- Elle arrive dans dix minutes, elle était justement dans le coin. Je laisse les clés de la voiture au concierge pour elle. À ce soir, mon Nachito.

Maïté le serra contre son cœur. Et Nacho se retrouva plongé dans les cheveux de sa maman, leur douceur et leur odeur de shampoing, de parfum et d'amour, oubliant un instant qu'il lui avait menti pour pouvoir jouer les détectives.

Une fois dans la voiture avec Luz, Nacho lui fit part de l'histoire de la photo volée.

- Mais pourquoi tu avais besoin de moi pour sécher les cours ? Pour faire des recherches sur Internet toi aussi ?

- Mais non, j'ai besoin de toi pour retourner au musée et faire l'enquête sur place !

- Tu veux aller faire quoi au musée ?

- Je veux parler à la commissaire de l'exposition.

- C'est quoi ça « une commissaire d'exposition » ?

- Un ou une commissaire d'exposition, c'est la personne qui organise une exposition. Elle choisit le thème, les œuvres, comment elles sont rangées dans l'exposition. Celle qui a fait l'expo de Guiseppe Maura Villapena s'appelle Inès Siro de Muela.

- Et tu crois qu'elle est là et que si elle est là, elle va te recevoir sans rendez-vous ?

- Qui peut résister à un gentil petit garçon de 12 ans comme moi, accompagné de sa jeune tante.

- Moi ! tu veux me faire passer pour ta tante ?

- Bah, oui ! Tu pourrais être la petite sœur de ma mère.

- Tu m'as vue ?

Luz portait, de bas en haut : des Doc Martin's personnalisées avec des perles et des dessins rouges et verts, des grandes chaussettes vertes, un caleçon imprimé à carreaux écossais, une mini-jupe en jean, un pull à col roulé rouge. Elle arborait comme coupe de cheveux un carré noir jais séparé en deux mini couettes, ses yeux bleu étaient charbonnés et soulignés au crayon noir.

- Tu n'as qu'à mettre les habits de ma mère et tu auras l'air d'être sa jeune sœur.

Une fois que Luz se fut transformée en jeune sœur de Maïté, ils partirent au musée Thyssen-Bornemitza dans la voiture de Maïté spécialement aménagée pour recevoir le fauteuil roulant de Nacho. Une fois garés sur la place handicapée, le fauteuil débarqué et déplié, Nacho installé, ils se dirigèrent vers les bureaux administratifs où un vigile chargé de la sécurité les accueillit.

- Bonjour Mademoiselle ! Pour la visite du musée, c'est la porte d'entrée principale.

- Bonjour Monsieur, nous ne venons pas visiter le musée, nous venons rencontrer la commissaire de l'exposition *« Guiseppe Maura Villapena »*, Madame Inès Siro de Muela.

- Vous avez rendez-vous ?

- Oui ! lança immédiatement Luz. Vous ne croyez tout de même pas que je déplace mon neveu dans sa chaise roulante, un jour de classe, sans avoir de rendez-vous !

- Troisième étage à gauche. Je préviens sa secrétaire.

- Merci Monsieur !

Dans l'ascenseur, Luz commençait à trouver la situation très drôle. Finalement, mentir pouvait être fort amusant.

- On se croirait dans un film ! Qu'est-ce que tu vas lui dire, Nacho ?

- La vérité Luz, la vérité.

La vérité est toujours bonne à dire.

Une dame, importante de par ses mensurations, vint à leur rencontre.

- Bonjour mon petit ! Oh ! Que tu es mignon ! Bonjour Mademoiselle, vous êtes sa tante m'a dit Santi. Je n'ai pas de rendez-vous aujourd'hui pour toi mon ange, du moins inscrit dans l'agenda. Es-tu sûr que c'est bien Madame Siro de Muela que tu dois voir ?

- Oui, elle doit répondre à mes questions pour mon exposé, c'est pour ça que j'ai manqué l'école aujourd'hui et que ma tante Marta m'a accompagné.

- C'est que Madame Siro de Muela n'est pas là. Elle

est dans le musée. La télévision est là aujourd'hui, pour l'interviewer à propos de l'exposition.

- Dans ce cas, dit Luz avec emphase, nous ne vous ennuierons pas plus longtemps, nous prendrons un autre rendez-vous. Merci Madame. Au revoir Madame.

Luz saisit alors le fauteuil de Nacho et se pencha à son oreille :

- C'est notre chance, Nacho. C'est notre chance ! Allons la voir dans le musée !

- OK !

- Tante Marta ! Tu ne pouvais pas trouver autre chose comme prénom.

- J'ai deux tantes, elles s'appellent toutes les deux Marta. J'ai dit la vérité, là !

Une fois dans le musée, sur le lieu de l'exposition, il fallait attirer l'attention des techniciens présents. Ce ne fut pas bien difficile : les sourires de Nacho et de Luz étaient irrésistibles.

- Nous voudrions parler à la dame commissaire de l'exposition, vous savez où elle se trouve ?

- Oui, bien sûr ! C'est la dame qui porte un tailleur noir, avec les cheveux très longs, que vous apercevez là-bas.

- J'y vais Luz, dit Nacho.

Il actionna seul son fauteuil pour se diriger vers la dame en noir.

Luz l'observait de loin s'entretenir avec la dame aux longs cheveux. Elle était tellement concentrée qu'elle n'avait pas vu qu'un jeune homme la regardait, pour ne pas dire la dévorait des yeux.

- C'est votre frère ?

- Non, heu … c'est mon… neveu.

- Vous êtes jeune pour être sa tante.

- Et tu viens d'où avec ton accent ? lui demanda Luz en se tournant vers lui. Il la dépassait de deux têtes au moins.

- De Belgique. Je suis commissaire d'exposition stagiaire. Pourquoi votre neveu parle-t-il à Inès ?

- Il veut lui raconter une histoire vraie, une histoire formidable. Le voilà ! Alors Nacho, ça s'est passé comme tu voulais ?

- Oui, elle a dit qu'elle allait tout de suite se mettre en contact avec le grand-père de Jonas afin de rétablir la vérité sur la photo de *Paloma devant la* **Samaritaine**. Je lui ai donné son nom, indiqué où il habitait. Elle m'a demandé de lui envoyer un e-mail avec tous les autres renseignements.

- Super ! Mission accomplie ! Ton ami Jonas va être content ce soir quand tu vas lui raconter !

Le jeune Belge se tourna vers Luz-tante Marta.

- Et vous, je pourrai vous voir sur *Skype* ?

Luz ne répondit pas. Elle riait.

- Sérieux… je peux vous appeler ?

- Luz.baraque@fisioescuela.com, sur *Skype* : Luz1999.

- Merci ! Je vous appellerai ! Je t'appellerai ! Je m'appelle Henri, Henri Dunelle.

Luz riait, riait. Une fois dans la voiture, Nacho vit que ses joues était roses, ses yeux brillants et qu'elle arborait un sourire de Joconde.

- Tu le connais ?

- Non.

- Et tu lui as donné ton adresse *Skype* ?

Nacho ne comprenait pas le comportement de Luz, mais il était tellement heureux de ce qu'il avait accompli grâce à elle qu'il se souleva de son siège pour lui donner un gros baiser sur la joue.

Une fois à la maison, Luz se débarrassa des vêtements de la maman de Nacho (elle dut repasser le chemisier), remit ses propres vêtements et enfila ses boucles de piercing qu'elle avait enlevées pour l'occasion.

Nacho avait juste le temps de se mettre en pyjama avant d'appeler Jonas sur *Skype*. Il fallait que sa mère le trouve en tenue de malade.

- Merci Nacho pour cet après-midi. C'était super ! lui dit Luz tout en lui faisant exécuter ses exercices quotidiens de kinésithérapie.

- À cause de cet Henri Dunelle ?

- Pas seulement. Je me suis sentie bien, même avec les vêtements très conventionnels de ta mère. Je me suis sentie utile à tes côtés, dans ton aventure.

- Ça veut dire quoi « conventionnels » ?

- Normaux.

- Pourquoi tu t'habilles d'une drôle de façon, Luz ?

- Parce que j'aime être différente.

- Moi, c'est tout le contraire, j'aimerais ne pas être différent mais je n'ai plus le choix depuis mon accident.

Luz ne dit rien. Elle ne disait rien quand Nacho évoquait sa condition. Elle ne disait rien parce qu'elle pensait que quoi qu'elle dise, elle ne pourrait pas l'empêcher de réaliser qu'il passerait tout le reste de sa vie dans un fauteuil.

- Il va être 18 heures, il faut que je me connecte avec la France, finit par lui dire Nacho.

- Ouah ! c'est *cool* : « il faut que je me connecte avec la France ». Rien que ça ? Vas-y ! Je prépare des œufs et je te les apporte dans ta chambre.

Nacho avait le temps de regarder ses e-mails. Il y en avait un de Jonas.

Objet : recherches

J'ai oublié de te demander. Nach, pourrais-tu s'il te plaît faire des recherches en espagnol sur nos sujets ? Tu trouveras sûrement plus de trucs que nous. S'il y a trop de texte à traduire, dis-moi si quelqu'un peut t'aider sinon, laisse tomber, on se débrouillera ici.

A +

Jo

Nacho était très fier de ce qu'il avait accompli avec Luz : sa rencontre avec Inès Siro de Muela. Il lui semblait avoir carrément résolu toute l'affaire à lui tout seul. Pourquoi continuer à faire des recherches sur Internet ?

Il y avait aussi un message de Lola transféré par Jonas.

Salut Jo,

J'ai trouvé des informations sur Inès Siro de Muela. Ce n'est pas son vrai nom : Elle s'appelle Inès Maura Rodriguez. C'est la fille cadette de Guiseppe qu'il a eue avec une ancienne danseuse de Buenos Aires. Elle est en procès avec les autres enfants de Guiseppe Maura, ceux qu'il a eus avec sa vraie femme, à cause de l'héritage. Encore des histoires de gens qui se trompent et qui courent après du fric, c'est glauque !

Hasta siempre,

Lola

PS : mes parents se sont croisés dans ma chambre d'hôpital aujourd'hui. Ils ont fait comme s'ils ne se voyaient pas. Super !

Nacho sentit une chaleur lui envahir le visage. Il avait un mauvais pressentiment. Il alla machinalement consulter son blog. Il y trouva un message :

Lucy, lycée français de Washington DC, Etats-Unis

Bonjour Ignacio,

J'ai trouvé ton article sur Guiseppe Maura Villapena très intéressant. Je suis passionnée d'art moi aussi. Je t'écris pour te dire que j'ai aimé ta page de blog qui lui est consacrée et aussi pour partager avec toi le contenu d'un petit article d'un journal américain, The New York Times, paru aujourd'hui que j'ai traduit pour toi :

« Un passionné d'art du Connecticut a annoncé qu'il se portait acquéreur du tirage de la photo « Paloma devant la **Samaritaine** » de Guiseppe Maura Villapena, actuellement exposé au musée Thyssen-Bornemitza à Madrid. Le prix de cette acquisition n'a pas été révélé mais selon les experts, ce serait le plus élevé jamais offert pour une œuvre de ce photographe. »

C'est alors que la sonnerie caractéristique de *Skype* retentit. Nacho décrocha.

La vérité n'est pas toujours bonne à entendre.

Lola avait subi une opération de la jambe le matin. Elle avait l'impression d'avoir reçu un coup de poing en pleine figure tant elle était sonnée par l'anesthésie. On lui avait offert tant de sucreries, de bonbons et de gâteaux au cours de l'après-midi qu'elle était gonflée à bloc lorsque la famille Cordoue-Lumieux débarqua au grand complet dans sa chambre.

À 18 heures, tout le monde était autour d'elle et de Jonas, les yeux rivés sur l'écran du portable sur lequel apparaissait le visage de Nacho, visiblement en pyjama. Gustave avait apporté des mini enceintes afin que tout le monde puisse écouter le correspondant madrilène, en particulier Papi-Lion.

- Salut Nach ! Ici, nous avons Lola, mon père Gustave, ma mère Geneviève, ma sœur Pauline et là, Charlotte, la meilleure amie de Lola.

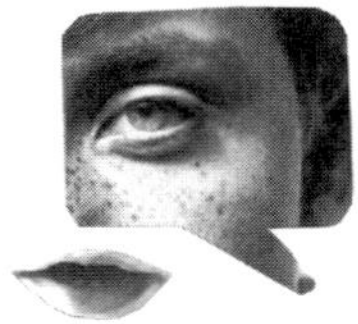

- Salut à tous ! J'ai un scoop. Aujourd'hui, j'ai rencontré Inès Siro de Muela, la commissaire de l'exposition.

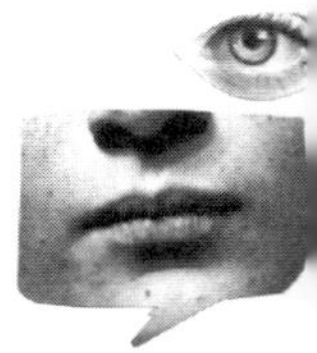

Jonas lâcha un « C'EST PAS VRAI ! », ses parents poussèrent un « OH ! » d'admiration, Papi-Lion un « TOUT SEUL ? », Charlotte un « OUAH ! » et Lola un « OUPS ! »

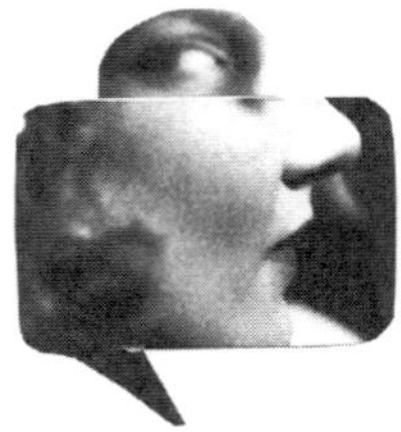

Puis, Lola demanda :

- La fille de Guiseppe Maura ?

- Ça, je ne l'ai su que lorsque j'ai vu ton e-mail ! En rentrant quoi ! Que son vrai nom c'était en fait Inès Maura Rodriguez !

- Et qu'est-ce que tu lui as dit ?

- La vérité. Tout ce que je savais.

- Et qu'est-ce qu'elle a répondu ? demanda Charlotte

- C'est ça le problème, répondit Nacho, pensif.

- Comment ça ? demanda Jonas.

- Je me suis repassé la scène dans la tête et, finalement, je réalise qu'elle ne m'a pas raconté grand-chose. C'est surtout moi qui ai parlé. Je lui ai raconté l'histoire de Papi-Lion et de Manou, leur rencontre avec son père et pourquoi Manou posait devant la Samaritaine pour Papi-Lion. En fait, elle m'a posé des questions sur l'âge de Papi-Lion et de Manou. Je lui ai dit que je ne connaissais pas l'âge de Papi-Lion et que Manou était morte. Ensuite, elle a voulu absolument savoir le nom de famille de Papi-Lion et où il habitait. Maintenant, je trouve ça inquiétant.

- *Hola* ! interrompit Luz en faisant passer son sourire devant le visage de Nacho pour dire bonjour à toute l'assemblée.

- C'était Luz, mon accompagnatrice, c'est elle qui est venue avec moi au musée aujourd'hui. J'ai dit que c'était ma tante… Qu'est-ce que je disais ?... Ouais, elle m'a demandé comment j'avais eu ces informations, qui était au courant, que voulait Papi-Lion. Quand je lui ai dit que Papi-Lion voulait seulement rétablir la vérité, que c'était lui qui avait fait la photo et pas Guiseppe, elle a dit un truc qui m'a semblé méchant. Elle a dit : « Il veut surtout mon argent, comme Mario et tous ces rapaces qui me tournent autour ! »

- Qui c'est ce Mario, Nacho ? demanda Lola.

- J’en sais rien, Lola. Mais, il y a plus grave…

- Quoi encore Nacho !

Jonas était sur le point d’éclater.

- Eh bien, une fille du lycée français de Washington m’a laissé un message sur mon blog. Un Américain a annoncé qu’il voulait acheter la photo *Paloma devant la* **Samaritaine** . Selon l’article, il aurait proposé beaucoup d’argent pour l’avoir.

- De quand date l’article ?

- D’hier.

- Donc, Inès Siro de Muela était au courant.

Jonas et Papi-Lion ne disaient rien. Ils se regardaient comme si les mots passaient d’un cerveau à l’autre sans avoir besoin d’utiliser la parole. Jonas prit la main de Papi-Lion, en essayant de garder son calme :

- Nach, je pense que cette dame n’est pas très contente d’entendre qu’une des photos de la dernière exposition des œuvres de son père n’est pas de son père et qu’en plus, elle va perdre un paquet d’argent. Que t’a-t-elle dit ensuite ?

- Elle m’a demandé si Papi-Lion avait le négatif.

Lola cria :

- Je le savais !

- J'ai dit que oui, bien-sûr, qu'il avait le négatif.

- Euh… ! C'était vite dit. Le petit Claudius est en train de le chercher avec son ami Nicolas. Eux, ils ont de bons yeux ! précisa Papi-Lion.

- Elle m'a dit qu'elle avait besoin de connaître les coordonnées de Papi-Lion afin de le contacter et de rétablir la vérité.

- Et tu l'as crue ? s'exclama Jonas, dégoûté.

- Ben oui ! Qu'est-ce que tu aurais fait à ma place ! Comment voulais-tu que je sache que « Siro de Muela » n'était pas son vrai nom ! Que c'était la fille de Guiseppe Maura et d'une danseuse. Et que tout ce qui l'intéressait, c'était l'argent qu'elle allait se faire en vendant la photo !

Papi-Lion ouvrit de grands yeux et demanda :

- Cette femme est la fille de Guiseppe et d'une danseuse ? Comment s'appelait sa mère, Nacho ?

- Rodriguez je suppose… En Espagne, on porte le nom de son père suivi du nom de sa mère. C'est super commun comme nom ici, il y en a des milliers. En plus…

Soudain, la musique du groupe des années 80, « Dépêche Mode » *Just can't get enough* retentit dans la chambre de Nacho et dans la chambre d'hôpital. En direct de Madrid et en version originale, Luz dit à Nacho :

- C'est mon téléphone, c'est un appel *Skype*.

- Qui c'est ?

- Henri Dunelle.

Luz se jeta sur le téléphone, tout le monde entendait la conversation *Skype* dans la langue de Cervantès :

- Nacho, c'est pour toi…

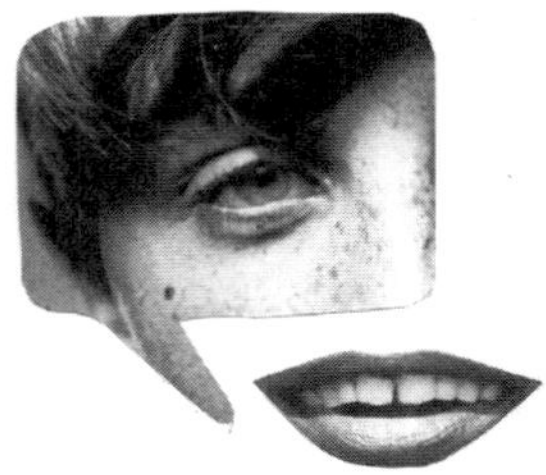

Nacho prit le téléphone de Luz, intrigué par l'étrangeté de la demande de ce garçon, bien plus âgé que lui, rencontré quelques heures auparavant au musée Thyssen-Bornemitza.

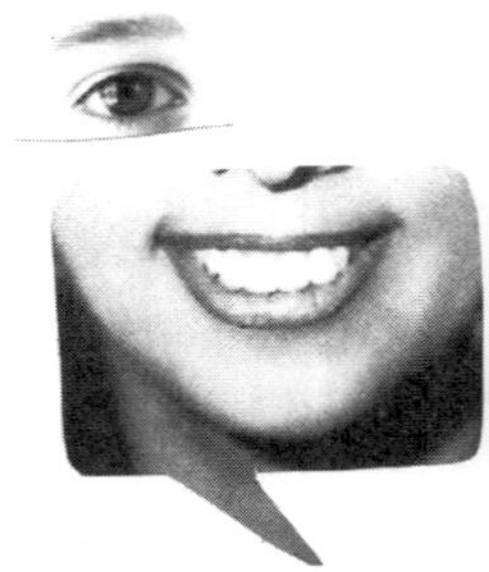

- Bonjour Nacho, dit Henri en français.

- Salut, dit Nacho.

- Nacho, qu'as-tu raconté exactement à Inès Siro de Muela tout à l'heure ?

- Je lui ai dit quelque chose sur la photo *Paloma devant la* **Samaritaine**. Je sais, elle ne doit pas être contente parce que Guiseppe Maura, c'est son père : MAIS MOI, JE LE SAVAIS PAS ! Et en plus, un Américain veut lui acheter la photo pour un super prix : JE LE SAVAIS PAS NON PLUS À CE MOMENT-LÀ !

Nacho était sur le point de pleurer.

- Écoute, je travaille avec elle Nacho, je suis son stagiaire. Depuis qu'elle a eu cet entretien avec toi, elle pleure et elle est très agitée. Elle m'a également demandé de lui prendre un billet pour Paris avec une voiture de location, pour le vendredi 9 avril au soir. C'est très étrange, parce qu'elle a dû annuler une réception organisée par une haute personnalité. Que lui as-tu dit exactement ?

- Que son père n'était pas l'auteur de la photo. Je lui ai dit que c'était le grand-père de Jonas et qu'il détenait le négatif, répondit Nacho.

- Ça, ce n'est pas sûr ! On ne l'a pas encore retrouvé mais il est rangé quelque part, précisa Papi-Lion en grattant sa crinière blanche.

En France, dans la chambre d'hôpital de Lola, tous avaient compris quelle était la destination finale de la fille de Guiseppe Maura, avec ses yeux noirs et sa colère.

Jonas tremblait de l'autre côté des Pyrénées, il serrait fort la main de Papi-Lion.

- Nach ! lui as-tu donné l'adresse de Papi-Lion ?

- Non, je ne la connaissais pas. Je lui ai juste dit qu'il habitait Orly-sur-Morin.

Papi-Lion, droit comme un militaire au garde à vous, réitéra sa question :

- Est-ce que quelqu'un pourrait me dire comment s'appelait la mère de cette femme ?

Et la voix du téléphone de Luz, celle d'Henri Dunelle hurla :

- Sa mère s'appelle Alba Rodriguez Molinos, elle est toujours vivante, elle a 91 ans.

Amis pour toujours.

– Alba, mon amie Alba ! Papi-Lion avait les yeux tout humides.

- Papa, c’est l’amie espagnole de Maman ? demanda Geneviève avec émotion.

- Oui, Alba Rodriguez Molinos. J’aurais tant voulu que Manou puisse la voir avant de nous quitter ! En 1939, elle nous a écrit une lettre dans laquelle elle disait qu’elle devait quitter sa maison, qu’elle partait pour l’Argentine et qu’elle nous enverrait sa nouvelle adresse. Depuis, plus rien. Nous avons perdu sa trace.

- Elle était déjà avec Guiseppe à l’époque ?

- Non, pas que je sache. Guiseppe avait une fiancée

en Espagne qu'il avait connue avant Alba, une chic fille qu'il aimait beaucoup.

- Et avec laquelle il a eu d'autres enfants, ceux qui se disputent l'héritage avec Inès, interrompit Charlotte.

- Mais sa fille n'a qu'une quarantaine d'années, du moins d'après mes recherches. Ça veut dire qu'ils se sont revus dans les années 60.

- Guiseppe Maura est allé en Argentine dans les années 63-65 pour faire des photos d'élections de je ne sais plus qui*. Ça colle ! s'exclama Charlotte.

- On n'a jamais eu de nouvelles de Pepe, Madeleine et moi. Avec la guerre en France…

- Vous pensez que Guiseppe Maura a révélé l'existence d'Inès à son autre femme ? demanda Gustave.

- Non, il ne l'a révélé qu'une fois son épouse décédée. Inès avait seize ans, précisa Henri Dunelle, toujours au téléphone.

* Le président Arturo Umberto Illia, président d'Argentine de 1963 à 1966.

- Papi-Lion, nous sommes sauvés ! Alba peut témoigner à propos de la photo, elle sait qu'elle n'est pas de Guiseppe ! dit Nacho.

- Oui, mais c'est la mère d'Inès. En lui demandant ça, tu lui demandes de trahir sa fille ! Si ça se trouve, elle le sait et ne veut rien dire ! lança Jonas.

- Alba était notre amie, une amie sincère, une fille extra qui a mis sa vie en danger pour d'autres personnes tout comme Guiseppe. Je ne peux pas croire qu'elle mentirait à propos de notre passé même pour protéger les intérêts financiers de sa fille. Papi-Lion était catégorique.

Gustave, le papa de Jonas intervint :

- Le mieux serait de vous en assurer vous-même Raoul.

En disant cela, il avait les yeux brillants de malice.

- Raoul, pourquoi ne partiriez-vous pas en Espagne voir Alba, tout lui raconter et lui demander son aide pour que la vérité sur ce cliché soit rétablie, reprit-il.

- Bof ! tu sais Gus, je ne sais pas si c'est bien utile tout ça. Après tout, c'est la fille de mes amis, de mes deux amis. Qu'elle profite de cette photo et de l'argent ! Ses parents, tout comme Manou, ont mis leur vie en jeu en se servant de ces photos comme moyen pour coder des messages.

Visiblement, cette enfant a des soucis personnels. Moi, je n'en ai pas. Je suis comblé, j'ai de la chance. Je vous ai vous, j'ai le frère de Vivi et ma belle-fille, de merveilleux petits enfants, je suis encore en bonne santé. Même avec ses cochonneries de médicaments, le docteur n'arrive pas à me tuer. La seule qui me manque, c'est Madeleine et cette photo d'elle ne va pas me la ramener !

Jonas, en écoutant son grand-père, avait envie de pleurer. Non pas parce qu'il évoquait Manou. En réalité, c'est parce qu'il était en colère contre lui. Pourquoi Papi-Lion baissait-il les bras ? Il devait au contraire se battre pour que les choses apparaissent aux yeux du monde comme elles étaient vraiment. Il était fier que Jonas veuille devenir journaliste mais un journaliste n'aurait jamais réagi comme ça ! Il aurait tout fait pour rétablir les faits et faire éclater la VÉRITÉ.

- Papa, je comprends ce que tu veux dire mais demande-toi ce qu'auraient fait ceux qui nous ont quittés : Maman et Guiseppe, comment auraient-ils réagi ? l'interrogea Geneviève.

- Je crois qu'ils auraient voulu que la vérité soit rétablie ! Raoul, vous partez avec Geneviève et Jonas, je m'arrangerai pour les billets, j'ai mes petites combines. Qu'en dites-vous ? proposa Gustave.

- Prendre l'avion ? À mon âge ? répondit, interloqué, Papi-Lion.

Mais Papi-Lion avait en tête les moments heureux qu'ils avaient eus avec Manou, Alba et Guiseppe. Ils étaient tellement jeunes à l'époque. Il voulait croire que leur amitié était à l'épreuve de tout, même de la vieillesse.

- Vous avez raison et je ne veux pas décevoir mon petit-fils et ses amis qui ont déployé tant d'efforts pour cette photo !

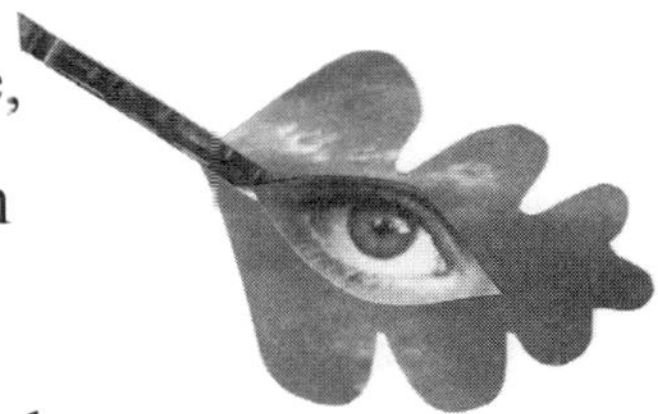

Cris de joie en France et en Espagne, même de la part de Luz qui n'avait rien compris à la conversation.

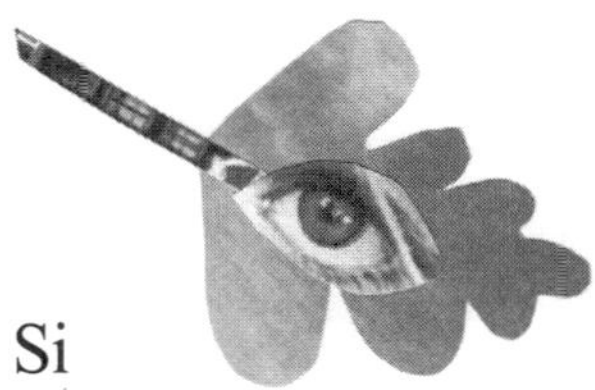

Seul Nacho semblait triste : il avait les épaules voutées comme si un poids l'accablait. Jonas le remarqua mais ne dit rien. Pour Jonas, Nacho portait le poids de la culpabilité. Si Inès Siro de Muela s'apprêtait à débarquer en France, dans son village, avec la rage au ventre, c'était de sa faute. Il ne pouvait s'empêcher d'en vouloir à Nacho.

- Où habite Alba ? Henri, où habite Alba ? demanda Papi-Lion habitué maintenant à parler à un visage sur un petit appareil rectangulaire.

- Dans un lieu de retraite à Ségovie, répondit le téléphone de Luz.

- Dans une maison de retraite tu veux dire ?

- Non, dans une retraite, un couvent : les filles des Anges de Dieu. C'est à environ 80 km au Nord-Ouest de Madrid.

- Alors, on pourra passer à Madrid et on pourra rendre visite à Nacho mon Jo ! dit Papi-Lion, tout gaillard, en tapant dans le dos de Jonas.

- Oui, acquiesça Jonas mollement.

Nacho sortit alors de sa torpeur.

- D'accord, je vous attends.

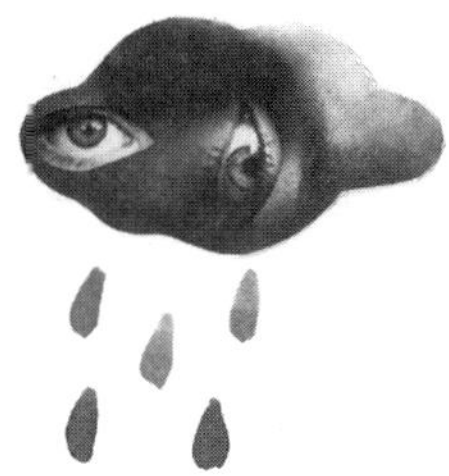

Jonas ne se serait jamais imaginé qu'une telle nouvelle, celle de sa première rencontre avec Nacho, déclencherait chez lui si peu d'enthousiasme. Il aurait dû s'en réjouir mais il n'y arrivait pas. Il avait une boule au niveau de la gorge et il se disait que si elle bougeait, il ne pourrait pas retenir ses larmes.

Plan
de bataille.

Gustave avait trouvé des billets « pas chers » pour son fils, son épouse et son beau-père avec un départ le vendredi soir et un retour le dimanche soir. S'ils partaient pour Ségovie en train le samedi matin vers 10 heures, ils arriveraient au couvent, lieu de retraite d'Alba, à 11 h 15. Ils auraient ainsi le temps de la voir et de lui parler jusqu'au soir. Le temps libre pourrait être consacré à une petite visite touristique de Madrid et à Nacho. Puis, retour sur Paris à 20 heures.

Papi-Lion revit son passé. Comme si celui-ci était tout près alors qu'il datait de plus de soixante-dix ans. Manou et Papi-Lion étaient restés sans nouvelles d'Alba et de Pepe depuis 1939.

En 1939, la France avait déclaré la guerre à l'Allemagne. Papi-Lion et Manou vivaient leur deuxième guerre : après la guerre d'Espagne, une guerre mondiale. Papi-Lion et Manou disaient qu'il leur avait fallu « faire des choses » pour « sauver notre peau et celle de nos amis ».

Mais jamais, jamais, ils n'en avaient raconté davantage sur cette période. À personne. Même pas à Jonas. Manou disait : « Ce ne sont pas des affaires qu'on raconte aux petits enfants le soir pour les endormir. »

Papi-Lion respecta ce silence ce soir-là encore.

- Bon, mes petits, je vais aller coucher ma vieille carcasse.

- Tu n'es pas vieux mon Papi-Lion !

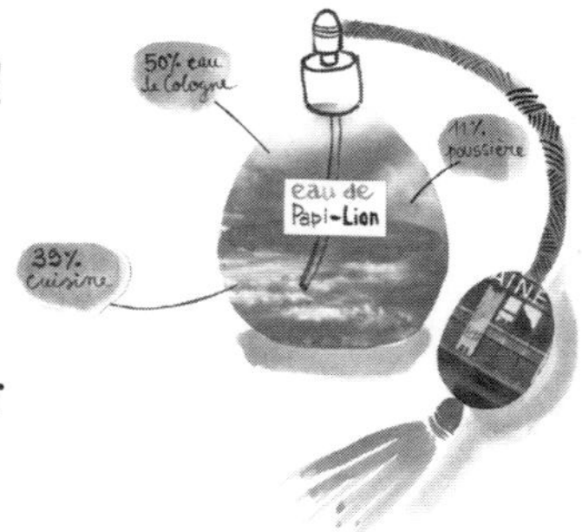

Jonas entoura son grand-père de ses bras. Il sentait bon son Papi-Lion, un mélange d'eau de Cologne, d'odeur de cuisine et de poussière à la fois.

Ce soir-là, Gustave borda son fils avec nostalgie. Il ne le faisait plus depuis son entrée en sixième, comme si le mot « collège » avait fait disparaître le petit garçon au profit du grand.

- Papa ?

- Quoi ?

- Non rien…

- Jonas, Nacho ne voulait pas te causer d'ennuis. Mets-toi à sa place, dans son fauteuil roulant, et tu comprendras pourquoi il a voulu agir seul.

- Comment tu fais pour deviner tout ce que je pense ?

- Je t'aime, c'est tout.

- Dis papa, j'ai peur de cette femme, Inès. Qu'est-ce qu'elle va faire à Papi-Lion ?

- Sans aucun doute lui proposer de l'argent, parce qu'elle croit qu'elle peut acheter les gens et qu'il n'y a que l'argent qui les intéresse.

- C'est vrai, elle a parlé d'un certain Mario qui en voulait à son argent. J'aimerais bien savoir qui c'est. Qu'est-ce que tu crois qu'elle fera lorsqu'elle s'apercevra que Papi-Lion n'est pas à Orly-sur-Morin et qu'il est allé voir sa mère en Espagne ?

- Ne t'inquiète pas ! Ton père reste là avec ta sœur pour affronter cette Madame Inès Gonzalez Siro de je-ne-sais-quoi !

- Tu ne seras pas tout seul Papa, je demanderai aux copains de t'aider !

- Ah ! Mais, j'y compte bien ! Tous ensemble, nous allons lui faire face. Est-ce que tu me passes le commandement Jonas ? demanda Gustave en mimant le salut militaire.

- Oui Papa !

- Bonne nuit, fiston ! finit-il, en déposant un baiser bruyant sur le front de Jonas avant de quitter la chambre.

Le grand départ.

Henri avait posé les billets d'avion électroniques d'Inès sur son bureau.

« Madrid-Paris » vendredi, « Paris-Madrid » deux jours plus tard. Location de voiture. Hôtel ****. *« Seulement **** ! Bon tant pis !* » avait-elle pensé.

Ce qui se passait dans la tête d'Inès Siro de Muela, très peu de gens pouvaient le deviner. Inès était une femme solitaire. Très connue dans la capitale de son pays : une intellectuelle pour certains, une mondaine pour les autres mais pour tous, une forte personnalité. Elle avait bâti un empire commercial toute seule : une galerie d'art, un magazine, une maison d'édition et son travail de commissaire d'expositions. Personne ne lui connaissait de relation intime avec quiconque.

On la disait sans cœur car jamais elle ne s'appesantissait sur les maux de l'humanité. À la différence de ses demi-frères et sœurs plus âgés qu'elle, qui avaient fait carrière comme médecin, militaire et chanteuse lyrique, elle ne faisait jamais aucun don et ne participait à aucune soirée de charité. Elle ne se déplaçait qu'aux soirées mondaines et n'acceptait de se faire prendre en photo que si elle pouvait en tirer un profit personnel. Soit elle était payée pour faire de la publicité, soit elle utilisait son image pour sa propre publicité.

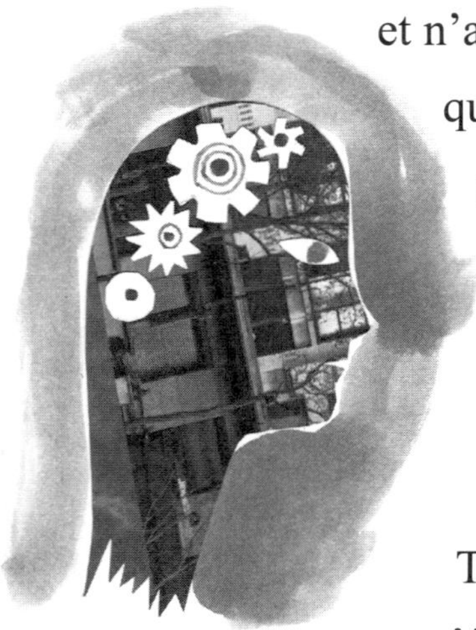

Alors, quand elle avait vu Nacho s'approcher d'elle dans le musée Thyssen-Bornemitza, elle s'était dit qu'être vue avec un enfant en fauteuil roulant, lui ferait une excellente publicité. Et puis, il avait raconté son histoire de photo. Cet enfant venait remuer son passé et compromettre le bel avenir qu'elle se préparait. C'était à cause d'un gamin handicapé qu'Inès avait peur.

Elle savait que la photo *Paloma devant la* **Samaritaine** n'était pas de son père ! Ce n'était pas du tout son style.

Cette photo était bien trop différente, bien trop gaie, bien trop parfaite dans ses proportions. Elle savait que ce n'était pas une photo prise par son père depuis que ce crétin de Mario Vidacasta était venu la voir dans sa galerie, en 1993. Inès avait trouvé les photos de Paloma dans une boîte chez son père alors qu'elle avait seize ans. Elle les avait dérobées. Après tout, elle méritait bien un cadeau de la part de ce père qu'elle n'avait jamais vu et qui débarquait maintenant dans sa vie. Il les avait abandonnées en Argentine, avec sa mère, pour retrouver son autre famille en Espagne et parcourir le monde à la recherche de clichés inattendus de la nature, d'architecture, de populations oubliées. Il ne s'était jamais occupé d'elles. Jamais.

Guiseppe Maura Villapena disait de sa fille Inès qu'elle vendrait père et mère. C'était une expression mais dans son cas, c'était vrai. Vendre. Inès savait vendre. Elle vendait des photos, surtout celles de Paloma, comme des petits pains. Elle en avait vendu quatre en certifiant qu'il s'agissait de photos de jeunesse de son père. Elle l'avait fait dans le dos de celui-ci. Elle avait gardé l'argent pour elle. Elle l'avait fait dans le dos de sa mère aussi. Le seul qui était au courant était Mario. Ce pot de colle de Mario. Mario, un maître chanteur de pacotille.

Mario Vidacasta était venu dans sa galerie un jour de 1993. Il était resté immobile devant une photo de Paloma. Inès l'avait abordé, comme elle le faisait toujours avec un client potentiel :

- C'est une œuvre de jeunesse de mon père.

- J'en doute fort Mademoiselle, avait-il répondu avec un grand sourire.

Inès avait été horrifiée. Comment ce petit homme rond à lunettes pouvait-il connaître la vérité à propos de cette photo ?

- Je pense qu'il ne faut pas que cela se sache, avait dit Vidacasta, sinon vos clients vont venir vous accuser de leur vendre des faux et vous demander de leur rendre leur argent.

Depuis ce jour, elle payait Vidacasta pour qu'il se taise mais cet idiot avait déjà rédigé et présenté sa thèse de fin d'études qui contenait tout un chapitre sur la vie de son père pendant la guerre d'Espagne. Alors, elle avait dû le payer pour qu'il ne la publie pas. Elle lui avait même trouvé un travail au musée Thyssen-Bornemitza. Mais un jour, c'était en 2006, il lui avait demandé davantage d'argent pour reprendre le commerce de son paternel. Inès avait d'abord refusé. Pour se venger, Mario avait publié sa thèse sur un site web. Inès l'avait lue. Il y disait que les photos étaient d'un photographe français !

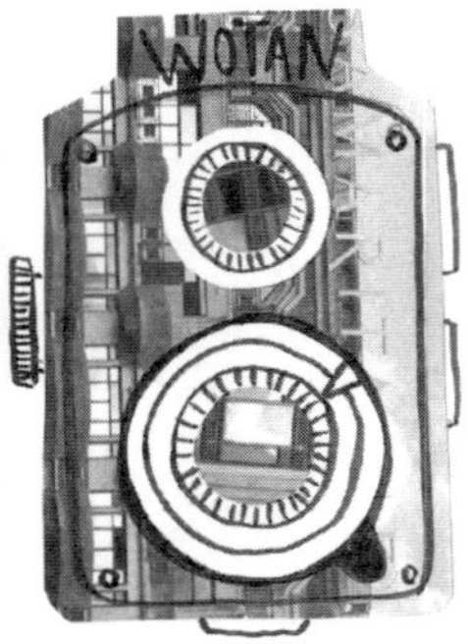

Elle ne pouvait pas laisser traîner sur Internet cette thèse qui disait la vérité sur les photos qu'elle vendait à prix d'or en faisant croire qu'elles étaient de son père. Finalement, Inès avait proposé à Mario une forte somme d'argent pour qu'il retire sa thèse du site web, ce qu'il avait fait deux jours plus tard. Mais, en quarante-huit heures, combien de personnes dans le monde avaient eu le temps de télécharger le document ? Combien d'entre elles feraient le rapprochement avec les photos de Paloma ?

Elle devrait éviter de les exposer à l'avenir. C'est ce qu'elle avait fait. Elle avait soigneusement évité de les exposer dans sa galerie. Mais un riche client américain faisait une fixation sur ces photos et lui en redemandait.

Même si elle devait partager avec ses demi-frères et sœur l'héritage de son père, le prix que l'Américain donnait de la photo *Paloma devant la* **Samaritaine** grossirait le patrimoine familial et permettrait à chacun de profiter d'une grosse somme d'argent.

Cette exposition au musée Thyssen-Bornemitza était la première exposition consacrée à son père où elle exposait une photo de Paloma. Il avait fallu que le musée choisisse précisément cette photo pour en faire une carte postale et que ce gamin en fauteuil roulant vienne lui parler pour, comme Mario, lui jeter la vérité à la figure ! Si l'identité du véritable auteur des photos était révélée pour cette photo-là, toutes les autres déjà vendues lui seraient attribuées et là, que se passerait-t-il ? Et si on montrait la photo à sa mère ? Alba, la vieille Andalouse, avait encore toute sa tête.

Inès pouvait être comparée à un animal à sang froid vivant au soleil : une vipère. Pour elle, il fallait éliminer le problème à la source. Il fallait éliminer toute preuve que l'auteur de la photo était un autre. Il fallait récupérer le négatif. Ce Français qui vivait à Orly-sur-Morin, il devait avoir l'âge de sa mère. Un vieillard de quatre-vingt-dix ans.

À cet âge-là, une petite somme d'argent est un gage de tranquillité jusqu'à la fin des jours. Et s'il refusait l'argent ? À quatre-vingt-dix ans, la mort est proche. Aider à embarquer ce photographe inconnu pour le grand départ serait un jeu d'enfant. Il faudrait juste lui soutirer le négatif avant.

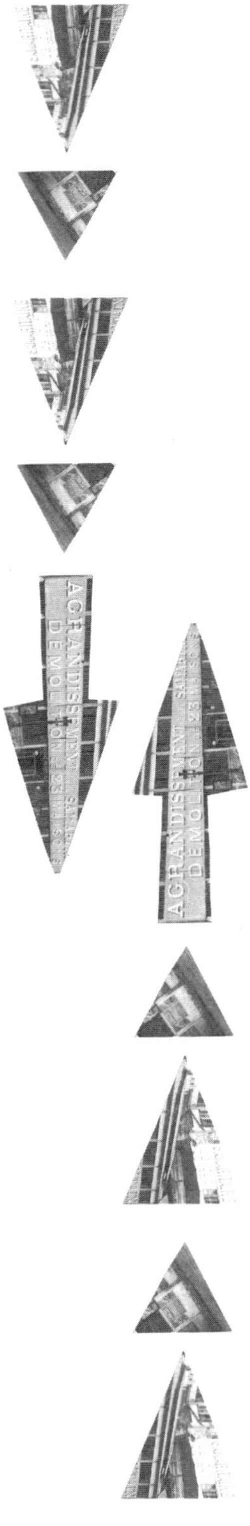
AGRANDISSEMENT
DEMOLITION

Mercredi
8 avril,
grosse fatigue.

Dès son arrivée au collège, Jonas avait été kidnappé par toute une troupe de filles lui demandant des nouvelles de Lola, Charlotte n'étant pas encore arrivée. Les copines de Lola étaient avides d'avoir de ses nouvelles. Jonas, talentueux journaliste en herbe, avait livré les informations essentielles sous la forme d'un bulletin de santé du président de la république récité par le porte-parole du gouvernement :

- Elle va bien, elle a été opérée hier, elle doit rester encore un peu de temps à l'hôpital et devra se déplacer en fauteuil roulant avant d'entamer une rééducation.

Charlotte, arrivée juste après lui, avait pris le relais.

Il avait ensuite couru jusqu'à la salle d'informatique, demandé la permission à Monsieur Giraud d'utiliser un ordinateur (le club était fermé le mercredi). Une fois installé à l'intérieur, il avait immédiatement écrit à Nacho.

Nacho, ne t'inquiète pas si j'avais l'air fâché hier. Cette nuit, j'ai réfléchi et je comprends pourquoi tu es allé voir Inès sans en parler à personne. Tu es mon copain le plus courageux, avec Lola qui s'est fait opérer et qui ne s'est même pas plainte. J'ai hâte de faire « tope là » avec toi. On arrive vendredi soir à Madrid. On doit aller voir Alba samedi matin. J'ai pensé que ce serait super si tu pouvais venir avec nous. Demande à tes parents s'il te plaît et envoie-moi un e-mail pour me dire si c'est OK.

À plus

Ton ami Jo

Il espérait que Nacho pourrait lui répondre dans la journée.

Il était ensuite revenu dans la cour où il fut assailli par Clau et Nico :

- Alors il paraît que Lola est paralysée, c'est vrai ? Nicolas était inquiet.

- Elle va rester toute sa vie dans un fauteuil roulant, mais les médecins ne veulent pas lui dire ? Claudius était au bord de la panique.

- Mais n'importe quoi ! Qui est-ce qui vous a dit ça ? Jonas était furieux.

- C'est Melissa, qui l'a dit à Emma, qui l'a dit à ma sœur, qui me l'a dit.

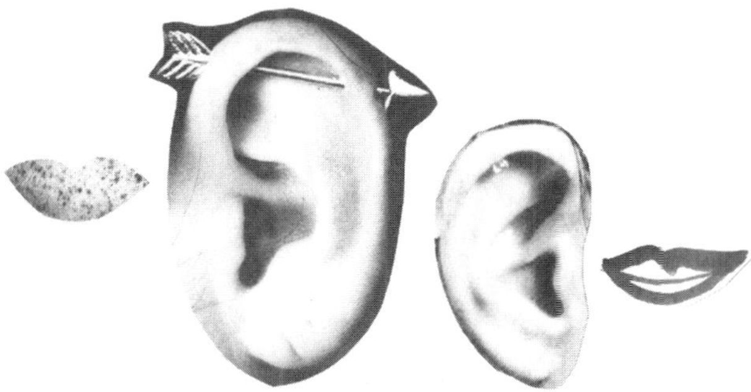

- Et tu l'as cru ? T'es vraiment une banane Claudius ! Elle va bien. Elle doit voir le chirurgien ce matin. J'irai la voir ce soir, je vous donnerai des nouvelles fraîches… et n'écoutez pas les histoires des filles !

Puis, les activités scolaires s'étaient enchaînées à la vitesse de l'éclair : cours de maths : prise de notes partielle, niveau d'écoute 1/5 ; cours d'EPS : stade, super forme malgré le lever à six heures moins le quart ; self : pâtes trop cuites, poulet OK, camembert OK, banane pas mûre ; cours de français : leçon sur les participes passés rabâchée par Virgule, encore un livre à lire avec une fiche de lecture « La Gloire de mon Père » de Marcel Pagnol, connais pas, espère que c'est pas trop nul.

Jonas, lui, travaillait sur la gloire de son grand-père mais il ne pouvait pas le dire. Virgule n'aimait pas trop ses plaisanteries.

Récré de l'après-midi : consultation de sa messagerie pour voir si Nacho avait répondu.

C'était le cas. Lui aussi n'avait dormi qu'une partie de la nuit.

Jonas, je crois que j'ai parlé à Inès Siro de Muela pour me prouver que je suis aussi fort que toi, alors que je ne le suis pas.

Je suis heureux que ta copine Lola aille bien. Je viendrai te chercher à l'aéroport vendredi soir avec mes parents. Ils nous emmèneront avec les deux voitures à Ségovie samedi, ma mère servira d'interprète. Mes parents sont géniaux, même s'ils m'ont privé de console pendant deux mois pour avoir menti sur mon état de santé pour sécher les cours et utilisé Luz pour faire le détective.

J'ai hâte de te serrer la main.

Nach

Jonas pleurait devant l'ordinateur. Il avait vécu trop de choses ces trois derniers jours. Tant d'émotions en si peu de temps ! Il avait repensé à Manou, sa grand-mère adorée qui n'était plus là, il avait aussi pensé à Papi-Lion. Pour combien de temps l'aurait-il encore près de lui ? Inès, fille de ses amis Guiseppe et Alba, que voulait-elle faire à son grand-père ? Lola, sa Lola, à l'hôpital avec une grosse cicatrice sur la jambe, avec des parents nuls qui se comportaient comme des petits de maternelle. Comment récupèrerait-elle de sa blessure ? Et maintenant Nacho, son meilleur ami du Net, son ami de l'autre côté de l'écran qui perdait courage et lui faisait part de son désir de gommer sa différence, d'être comme lui, d'être fort comme lui, Jonas ! Mais lui, il n'avait rien de spécial, il se trouvait très normal Jonas !

Soudain, il sentit que Monsieur Giraud se penchait sur son épaule :

- Si tu veux, nous pouvons parler ensemble de ce qui ne va pas, Jonas.

La goutte de gentillesse fit déborder le vase plein de larmes. Jonas sanglotait maintenant bruyamment. Heureusement qu'ils n'étaient que tous les deux.

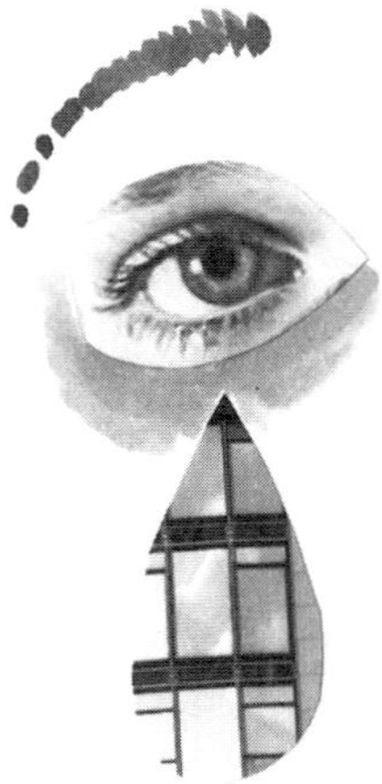

- Merci Monsieur Giraud, ça va aller. C'est parce que je ne dors pas bien en ce moment.

Jonas tentait de rattraper ce qui coulait de son nez en reniflant très fort.

- Mario Vidacasta, dit Monsieur Giraud.

- Qui c'est Mario Vidacasta ?

- C'est l'historien chercheur qui, en 1993, a écrit sa thèse de fin d'études. C'est comme un livre rédigé par un étudiant sur un sujet précis, sur la vie de Guiseppe Maura Villapena entre 1936 et 1978.

Jonas ressemblait à un poisson : son visage était humide et sa bouche ouverte. Comment Monsieur Giraud savait-il que toute information publiée sur cette période de la vie de Guiseppe Maura Villapena pouvait bouleverser la sienne ?

- Comment vous le savez ?

- C'est Marie Dupré, ta professeure de Français, accessoirement ma femme, qui m'a aidé à trouver cette information. En 2006, son frère avait téléchargé cette thèse, pendant ses études à l'école Boule, une école d'art.

- Non, ce que je voulais dire, c'est : comment vous savez que je m'intéresse à la vie de Guiseppe Maura Villapena pendant ces années-là ?

- Parce que je suis un vilain professeur d'informatique qui regarde l'historique des ordinateurs qu'utilisent ses élèves. Je ne sais pas pourquoi ce Monsieur t'intéresse, c'est ta vie. Je voulais juste donner un petit coup de pouce à mes élèves et pourquoi pas, à un élève du lycée français de Madrid. Je veux vous aider à avancer dans vos recherches. Sa thèse a été traduite en français, ça t'intéresse ?

- Oh ! oui ! Beaucoup Monsieur !

- Tiens, elle est sur cette clé USB ! Je te préviens, elle fait plus de 250 pages et il y a très peu d'images !

- Pas grave Monsieur, j'ai tous mes copains et mes parents pour m'aider !

- Bonne recherche Jonas, et sèche-moi ces larmes. Je lirai l'article sur ton blog, n'est-ce pas ? Un bon journaliste ne désespère jamais, il persévère Jonas, il persévère !

Jonas avait des ailes. Il n'avait pas eu le temps de parler à ses copains avant le dernier cours : deux heures et demie avec Virgule, celle qui avait retrouvé le précieux document. Il avait écouté attentivement son cours et elle lui avait lancé des sourires appuyés, à la grande surprise de ses potes.

À la fin des cours, il avait raconté sa conversation avec Monsieur Giraud à Charlotte, à Lola au téléphone, à Claudius et à Nicolas, tous ébahis :

- Ça alors, il sait tout le prof, rien qu'en regardant l'historique des ordinateurs de la classe d'informatique ! C'est dingue !

- N'empêche que grâce à lui, on a peut-être une preuve que Guiseppe Maura a rencontré la grand-mère et le grand-père de Jonas, dit Lola au téléphone.

- Il m'a précisé que la thèse faisait 250 pages.

- Moi, je suis sur les négatifs, dit Claudius en faisant « non » avec son index.

- Oui, moi aussi, dit Nico en se grattant la tête.

- D'accord, on a compris, s'exclama Charlotte, on est trois pour se taper les 250 pages !

- Mais non, on a aussi Nacho et mes parents.

- Ça n'ira pas assez vite, on aura presque 50 pages chacun et on a des devoirs à faire ! gémit Charlotte.

- Bon d'accord ! Faisons la liste entière des gens qui peuvent nous aider : Nacho, le stagiaire belge d'Inès, il parle français, ça fait deux, la mère de Nacho, ma mère, mon père, mon grand-père, Charlotte, Lola, moi, ça fait neuf.

- Stop ! *Time* ! Nicolas avait accompagné ses mots d'un geste d'arbitre de foot. Tu nous as dit que la truc, la je ne sais pas quoi…

- La thèse…

- Oui, tu nous as dit que la thèse parlait de la vie de Guiseppe de 1936 à 1978. Nous, tout ce qui nous intéresse, c'est sa vie de 1936 à 1939. Moi, quand on n'a que le chapitre 1 d'un bouquin à lire, je ne lis pas tous les chapitres jusqu'à la fin, ça sert à rien.

- Il a raison !

- Venez, on va voir combien ça fait de pages !

Ils se précipitèrent en courant jusqu'au club d'informatique. Monsieur Giraud fermait juste la porte.

- Tiens, les chercheurs au grand complet ! Qu'est-ce qui vous arrive ?

- On doit se partager la lecture de la thèse de Mario Vidacasta, c'est pour voir combien il y a de pages à lire sur la période 1936-1939.

- Quatre-vingt-treize pages. C'est le chapitre qui s'intitule : « les années rebelles : 1936-1939 ».

- Vous saviez qu'on allait vous le demander ?

- J'attendais que vous réfléchissiez à la manière de mener votre recherche. Je suis professeur, Jonas.

- Merci Monsieur Giraud ! Vous êtes super ! Bon, comme on est neuf, ça fait dix pages chacun et moi j'en lirai trois de plus !

Il fallait vite rentrer pour se répartir les pages du fichier et les envoyer à Nacho, Henri et Lola, par courriel, avec les explications qui allaient avec.

- Nacho n'avait pas parlé d'un Mario ? demanda Jonas.

- Si, Inès quand elle a commencé à délirer sur le fait que tout le monde voulait son argent, elle a parlé d'un Mario, dit Nico.

- Tu crois que c'est le même ? Claudius fronçait les sourcils.

- Moi, mon intuition me dit que oui, affirma Charlotte, sûre d'elle.

Vers 18 heures, Nacho avait lu son quota de pages de la thèse de Mario Vidacasta. Bon. Rien d'intéressant. Il se dit qu'il fallait envoyer un message à Jonas pour le lui dire puis il changea d'idée. Il décida de faire quelques recherches sur Internet en espagnol comme son ami lui avait demandé.

« Mario Vidacasta Ruiz… Tiens ! Je ne sais pas si c'est le bon, voyons voir, il est dans la liste des diplômés de l'université d'Histoire d'Alcala de Henares. Travaux : Guiseppe Maura Villapena 1936-1978 (thèse non publiée). Non publiée. Eh bien, on a eu de la chance de la retrouver ! Voyons donc, c'est Mario Vidacasta Ruiz son nom entier. Il a été archiviste au musée Thyssen-Bornemitza ! C'est puissant ça, il fait une thèse sur son père et il a travaillé dans le musée où elle fait son exposition ! Je me demande s'il connaît Inès.

AGRANDISSEMENT
DEMOLITION

Eurêka* !

Pendant ce temps-là, ça ne chaumait pas dans le grenier de Claudius. Avec Nicolas, ils passaient méticuleusement les négatifs dans la visionneuse.

- Tu crois qu'on va le retrouver Nico ?

- C'est sûr. Le pépé de Jo ne jette rien. Pourquoi tu veux qu'il ait jeté ce négatif ?

Au bout de deux heures, les deux amis avaient une faim de loup. Le grenier sentait bon le poulet épicé et le riz. Tout était prêt dans la cuisine depuis un moment. Emilienne, la maman de Claudius, originaire du Ghana, savait que Nicolas resterait pour manger et qu'il adorait sa cuisine.

- Tu viens manger Claudius ? demanda Nico en faisant mine de souffrir de maux de ventre.

* "Eurêka" veut dire "j'ai trouvé" en grec ancien.

Claudius restait immobile. Seuls ses yeux bougeaient de la photo à la bande de négatifs qu'il tenait avec une pince en bois, moyen qu'ils avaient trouvé avec Nico pour ne pas les manipuler avec les doigts et y coller leurs empreintes.

- Nico, viens voir !

- Quoi, tu l'as trouvé ?

- Je crois que oui, viens voir je te dis !

La position du personnage, ses vêtements, le bâtiment de la **Samaritaine**. Oui ! Il s'agissait du bon négatif, de la preuve tangible du passé glorieux de Manou, du passeport de Papi-Lion pour la célébrité !

- Nico, appelle chez Jo ! On va lui apprendre la bonne nouvelle !

- Ça sonne occupé.

- Zut ! Bon, on mange et après, on y va !

Jo était au téléphone avec Lola. Elle avait lu sa partie et était tombée sur les lignes tant espérées établissant que Guiseppe avait connu à Paris deux activistes de son réseau répondant aux noms d'Alba et Paloma. Selon l'auteur de la thèse, Mario Vidacasta, Paloma était très certainement française car des proches du réseau qu'il avait interrogés avaient témoigné qu'elle avait « un accent français très prononcé » alors qu'Alba était originaire d'Andalousie.

En Espagne, Henri le Belge, encore au travail, avait reçu le message de Jo transmis par Nacho et avait lu lui aussi son extrait de la thèse. Il avait également fait une découverte extraordinaire et tentait de joindre Nacho afin de lui en faire part de vive voix. Comme il n'avait pas son numéro de téléphone, il était dans l'obligation (par bonheur) d'appeler Luz pour le lui demander. Pas de réponse. Alors, il envoya un courriel depuis l'ordinateur du bureau :

Nacho,

Il faut que tu dises à ton copain Jonas que l'auteur de la thèse avait rencontré Guiseppe Maura et que la thèse à la page 54 précise que les photos de Paloma avaient été prises par un jeune Français, ami du réseau et proche de

Paloma, selon les dires de Guiseppe Maura lui-même. Il dit que ces photos devaient certainement servir à donner des indications aux passeurs qui guidaient les Espagnols vers la France. Je t'envoie un scan du texte, j'ai surligné les passages importants.

Je serais très heureux pour ton ami si ça l'aide à prouver que la photo « Paloma devant la **Samaritaine** » est de son grand-père.

Dis-lui que sa grand-mère était une véritable héroïne de roman !

Je sors du bureau à 22 h. Si tu la vois, dis à Luz que j'ai essayé de la joindre pour qu'elle vienne me chercher mais je suppose qu'elle est occupée, son téléphone est coupé.

Merci mon ami

À bientôt

Henri.

Plus tard, Nacho, mis au courant de la découverte de Claudius et Nico, avait répondu à Henri :

Super, Merci Henri ! Moi aussi j'ai une super-nouvelle : on a retrouvé le négatif et on l'a rendu à son auteur. Le

grand-père de Jonas a maintenant entre les mains toutes les preuves nécessaires pour que la vérité éclate au grand jour !

À plus,

Nacho

Inès était seule dans le bureau quand elle entendit le tintement de l'ordinateur d'Henri indiquant qu'il avait reçu un message.

- Il a encore oublié d'éteindre son ordinateur. On voit bien que ce n'est pas lui qui paye l'électricité !

Inès lut le message comme s'il lui était destiné ; elle le faisait souvent s'agissant de la messagerie de son stagiaire. Elle poussa un cri d'effroi.

Encore la thèse de ce Mario de malheur ! Évidemment, elle avait été téléchargée. Il fallait qu'elle soit redécouverte maintenant par ce petit gamin fouineur. Et Henri, comment le connaissait-il ? Maintenant, lui aussi était au courant de tout !

Elle tournait en rond dans son bureau sombre et vide. « *Inès, il faut réfléchir, et vite* ! » se disait-elle à voix basse.

Elle finit par s'asseoir devant le bureau d'Henri. Et là, elle trouva une idée en posant les yeux sur une tasse de café à moitié pleine qui trônait au beau milieu des brochures et des papiers.

On a gagné ! On a gagné !

Il était 19 h 30 quand toutes les nouvelles parvinrent à Jonas : la trouvaille de Lola, la découverte du négatif par Nico et Claudius et les informations d'Henri. Il avait immédiatement prévenu la maisonnée : Papi-Lion, ses parents et la petite Pauline, qui avaient accueilli la nouvelle avec des cris de joie et d'encouragement. Puis, il avait rappelé Nacho sur *Skype* pour lui faire un compte-rendu des événements importants pour leur enquête.

Maintenant, Jonas était pensif et comme vidé de toute son énergie. Cette aventure avait été un vrai travail d'équipe. Il avait fait des passes à ses amis et ils avaient fini par marquer des buts puis par gagner la partie. Cependant, il était intrigué par le texte scanné par Henri. Il y avait surligné un passage dans lequel Vidacasta avait écrit que les photos contenaient des coordonnées, probablement pour localiser des personnes ou des bâtiments, mais que personne n'avait découvert où elles pouvaient se trouver sur la photo.

- Papi-Lion, est-ce que Manou t'a dit ce qu'elle transmettait exactement comme informations avec les photos.

- Non, jamais. Elle me disait que comme ça, si elle se faisait prendre, je n'aurais pas l'occasion de trahir ses amis par amour pour elle. Madeleine était romantique.

Au début je croyais que les messages étaient écrits par Alba mais en fait, elle écrivait à peu près toujours la même chose : « Paloma t'envoie x baisers, regarde bien la danse qu'elle te fait. Elle porte son pull-over de couleur y. Elle attend ta lettre à la Saint z. » Alors, j'ai compris que le vrai message codé était sur la photo mais je n'ai jamais su où !

- Elle ne t'a rien dit du tout ? C'est dingue !

- Tu sais, ta grand-mère était moqueuse. Je ne lui ai plus trop posé de questions sur les photos parce qu'elle

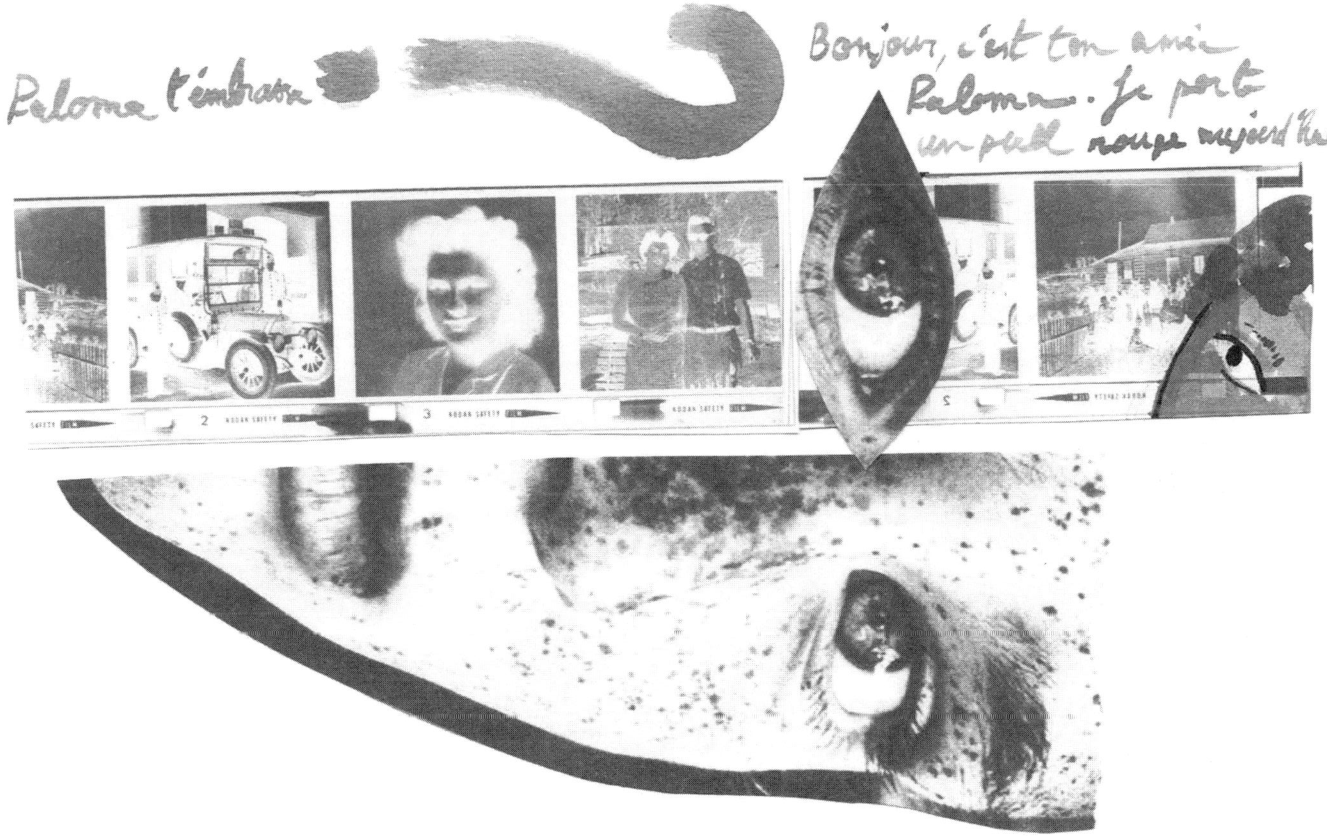
Bonjour, c'est ton amie
Paloma. Je porte
un petit rouge aujourd'hui
Paloma t'embrasse

répétait toujours une chose à Guiseppe à propos de mes photos, ce qui m'énervait un peu. Elle lui disait que je faisais des photos « sympathiques ». Ça les faisait rire. J'sais pas pourquoi. C'était idiot comme réflexion ! précisa Papi-Lion en haussant les épaules.

- Ça voulait sûrement dire qu'elle les aimait bien Papi-Lion.

- Ouais, ouais ! Ta grand-mère aimait bien rire de moi quand elle en avait l'occasion, hein !

Jonas avait du mal à imaginer sa grand-mère à seize ans en train de taquiner Papi-Lion avec ses potes, beaucoup de mal !

Un homme à terre.

Le lendemain jeudi, Nacho s'était réveillé en sursaut. Il avait besoin de parler à Henri. Il voulait lui demander s'il pouvait enquêter sur Mario Vidacasta Ruiz au musée Thyssen-Bornemitza puisqu'il y avait travaillé comme archiviste et avait publié le catalogue de l'exposition du photographe Brassaï*. En plus, il voulait savoir s'il pouvait lui en dire plus sur l'Américain qui voulait acheter la photo de Papi-Lion. Il lui laissa un message.

Nacho n'eut pas longtemps à attendre, le téléphone sonna. Ce n'était pas Henri.

- Allo, Luz ?

Luz était en larmes.

* Gyula Halásk Brassaï (1899–1984) est un photographe hongrois.

- Nacho, tu as appelé Henri ? J'ai eu sa mère. Elle a récupéré son téléphone. Henri est à l'hôpital. Il est dans le coma. Il aurait été empoisonné. La secrétaire du bureau l'a trouvé ce matin, étendu à côté de la machine à café, plié en deux, la tasse écrasée dans la main, tellement il a dû se tordre de douleur. Pauvre Henri !

- Luz, ça ne peut être qu'Inès.

- Mais pourquoi ?

- Elle a dû découvrir qu'il nous aidait !

- Mais comment ? Il envoyait tous ses e-mails de sa boîte e-mail perso, elle n'a pas pu se procurer le mot de passe.

- Luz, hier soir, il m'a écrit de sa boîte e-mail du bureau. Il m'a écrit que dans l'extrait de la thèse de Mario envoyée par Jonas, il avait trouvé un paragraphe qui disait que l'auteur de la photo n'était pas Guiseppe Maura. J'ai répondu à son message en lui disant que Papi-Lion avait retrouvé son négatif !

- Oh ! non !

- J'ai peur ! Cette femme est folle ! Elle prend l'avion demain pour la France. Qui sait ce qu'elle va faire à Jonas et à son grand-père. Il faut l'arrêter !

- La police. Il faut aller à la police, il faut raconter toute l'histoire.

Luz avait raison.

- J'appelle Jonas ! je ne ferai pas l'erreur deux fois. Je dois parler à mon ami Jo avant de faire quoi que ce soit, on est une équipe, tu comprends. Zut ! Il n'a pas de téléphone ! J'envoie un e-mail. Je vais mettre Lola en copie. On ne sait jamais ! Pourvu qu'il me réponde vite!

- Il faut que je voie Henri, Nachito ! Luz semblait inconsolable.

C'est Lola qui prit connaissance du message la première :

Jo, Lola, il est arrivé une chose horrible. Henri a été empoisonné à son bureau. C'est sûrement Inès Siro de Muela. Elle a dû lire l'e-mail que je lui ai écrit hier soir. C'est le seul que j'ai écrit sur son e-mail professionnel. S'il meurt, ce sera à cause de moi. J'ai peur. Je dois aller parler de notre histoire à la police, c'est trop grave : appelez-moi, je vous en supplie.

Police !

Cédant à l'insistance de ses élèves, Monsieur Giraud consentit à prêter la classe d'informatique pour faciliter les contacts avec Madrid. C'est donc par *Skype* que l'équipe contacta Nacho.

- Ah les amis ! ça me fait tellement du bien de vous voir tous ! C'est horrible ! Henri a failli mourir ! Sa mère vient d'appeler. Il vient de sortir du coma. Ils l'ont sauvé. Il n'avait pas pris toute la dose, beaucoup de poison était resté au fond du réservoir d'eau de la machine à café. Une chance ! Inès a dû lire notre échange de messages hier soir. La police a dit à Luz qu'elle était introuvable.

- Elle a mis du poison dans la machine à café où tout le monde prend des cafés ?

Nico était vert.

- Nacho, tu dois y aller avec tes parents et raconter ce que nous savons.

- Oui, je vais aller à la police avec mes parents ce soir pour tout raconter. Mais je voulais vous le dire pour que vous aussi vous y alliez. Je ne sais pas s'ils vont me croire, s'ils feront quelque chose contre elle, s'ils l'arrêteront. Je ne sais pas s'ils ont des preuves que c'est elle. Imaginez qu'elle prenne l'avion et qu'elle arrive jusqu'à Papi-Lion et qu'elle lui fasse du mal comme elle a fait à Henri !

- Nach, ne t'inquiète pas. Moi aussi, j'irai à la gendarmerie avec mes parents et Papi-Lion. Je prendrai des copies de tous les e-mails qu'on s'est envoyé avec Henri et entre nous pour qu'ils me croient. Si j'avais le temps, j'écrirais ma rage sur mon blog ! Henri a pris des billets pour elle pour vendredi soir. Nous partons pour Madrid vendredi matin. On va se croiser. Aucun risque qu'elle rencontre Papi-Lion.

Pendant ce temps-là, Inès dégustait le menu de la classe « Affaire » d'un avion de la compagnie nationale espagnole en partance pour Paris. Elle avait demandé un café, un mystérieux sourire plaqué sur ses lèvres minces. Elle avait changé son billet pour avancer son départ d'un jour. Elle devait atterrir à l'aéroport Roissy-Charles de Gaulle à 16 h 45 où elle récupérerait une voiture de location. Elle avait calculé qu'elle serait à

son hôtel à Meaux à 18 h 30 et à Orly-sur-Morin vers 19 h. Elle avait fait ce qu'il fallait en empoisonnant le café d'Henri. Si ce dernier avait appris qu'elle avait changé son billet, il aurait prévenu le gamin en fauteuil qui lui-même aurait prévenu l'ancêtre de quatre-vingt-dix ans qu'ils allaient se rencontrer plus vite que prévu.

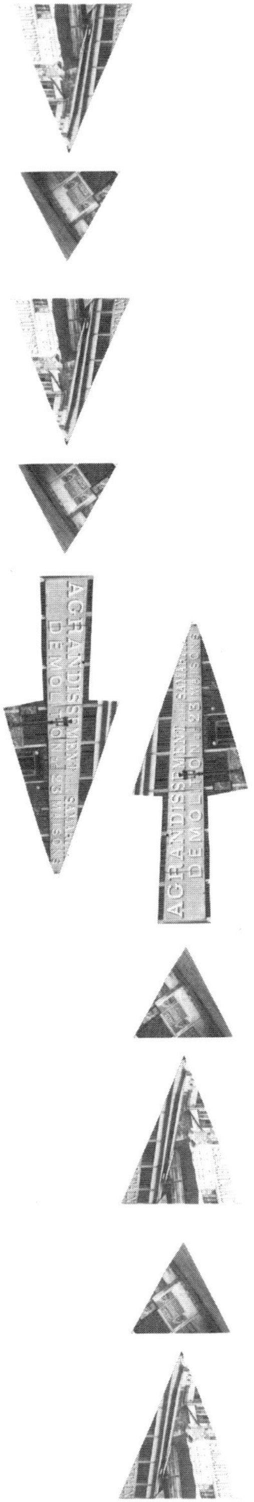

Jeudi
9 avril,
du travail de pro.

Un village de deux-cents habitants, c'est tout petit. Tout le monde connaît tout le monde. Inès avait tablé là-dessus pour retrouver l'auteur des photos de Paloma et récupérer ses négatifs. Elle gara sa voiture sur la place, devant la boulangerie d'Orly-sur-Morin.

La commissaire d'exposition espagnole s'était entraînée à dire : *Bonjour Madame (ou Bonjour Monsieur), je cherche un monsieur âgé qui s'appelle Raoul. Son âge est à peu près de quatre-vingt-dix ans.* Seulement, elle ne voulait pas entrer dans la boulangerie.

Les gens pourraient voir son visage en pleine lumière. Et cela, vu ce qu'elle venait faire, il fallait l'éviter.

On était jeudi, il était 19 h 15. Emile et Nathalie, les boulangers-pâtissiers, étaient sur le point de fermer leur boutique. Ils avaient mis de côté le pain de Ginette. La vieille dame venait le chercher tous les jeudis à 19 h 15 tapantes.

Quand elle vit arriver la petite vieille dans son rétroviseur, Inès sortit de sa voiture comme un diable sort de sa boîte. Elle récita à Ginette sa fameuse phrase apprise par cœur.

- Un Raoul de quatre-vingt-dix ans ! Il n'y en a qu'un seul ici ! Raoul Lumieux !

- Ah ! Où habite-t-il ? lui demanda Inès avec un grand sourire.

- Par là ! Rue Franche, avait dit la petite mamie en pointant la direction du doigt.

Immédiatement, Inès s'était remise derrière le volant pour se diriger vers la sortie du village, vers la rue Franche.

Tout à coup, elle vit deux gamins dans ses phares. Des sales gosses avec leur ballon. Quels idiots ! Elle avait failli les renverser !

- Nico ! T'as vu qui j'ai vu !

- C'est pas vrai, elle est là ! Claudius, viens vite ! Il faut prévenir Jonas !

Les deux copains battirent des records de vitesse. Ils sonnèrent, à bout de souffle, à la porte de la maison des Cordoue.

- Qu'est-ce qui se passe les enfants ?

- Madame, la folle espagnole, elle est ici ! Elle se dirige vers la rue Franche !

- Quoi ? Entrez ! Ne restez pas dehors.

Geneviève appela Jonas dans l'escalier. Pauline se mit à pleurer car sa maman lui avait communiqué sa peur.

- Jonas, Papa, d'après Nico et Claudius, la fille de Guiseppe Maura est ici !

- Maman, il faut appeler la gendarmerie, s'exclama Jonas.

- Les gendarmes ne sont pas tout près, mon chéri, ils en ont au moins pour quinze minutes ! Et ton père qui avait dit qu'il serait là à 19 heures ! Comme d'habitude, il est en retard, juste quand on a besoin de lui...

- T'inquiète pas Maman, on va se débrouiller ! On est

malins, tu sais ? Hein les gars ? demanda Jonas à Claudius et Nicolas qui étaient morts de trouille.

- Je vais lui parler et la raisonner, les interrompit Papi-Lion. Pour moi, c'est une gamine qui fait un caprice et, si elle me tire dessus, si ma vieille carne ne tient pas le coup, j'irai rejoindre Madeleine !

Jonas sourit à son grand-père. Il savait qu'il disait ça pour se donner du courage.

- D'accord Papi-Lion, tu vas lui parler mais il faut que tout le monde t'entende ! J'ai une idée ! Il faut aller dans la grange du père Cossou. Vite, passons par derrière !

La grange recelait des trésors qui lui avaient permis de jouer pendant des journées entières. Aujourd'hui, ils lui permettraient d'affronter Inès Siro de Muela.

- Les gendarmes arriveront dans dix minutes. Je les ai envoyés à la grange. Vous feriez mieux de rester tranquilles ici et de me laisser y aller, dit Geneviève.

- Toi, ma petite fille, tu vas chez Emilienne et Louis, avec Pauline, lui rétorqua Papi-Lion.

- D'accord, vous aurez besoin d'aide, je vais les prévenir ainsi que tes parents Nico.

Et les voilà tous partis dans la même direction. Leurs chemins se séparèrent devant le jardin de Claudius. Geneviève, Pauline dans les bras, alla alerter le village tandis que Jonas, Papi-Lion, Nico et Claudius, qui connaissaient tous les trois le chemin de la grange comme leur poche, s'y dirigèrent d'un pas décidé.

- Qu'est-ce qu'on fait ? demanda Claudius, qui avait retrouvé son calme.

- Voilà mon idée ! Nico et Claudius, vous vous chargez de préparer des feux de Bengale que vous allumerez à mon signal. Ils nous serviront à détourner l'attention d'Inès et à l'effrayer. Placez-les au milieu de la grange. D'accord ? Papi-Lion, tu veux lui parler ? Eh bien, tu vas lui parler ! Je branche le porte-voix, tu sais, celui que tu m'as montré, celui pour les manifestations. Cache-toi dans cette armoire. Moi, je vais me cacher en haut. Je regarderai dans les trous du plancher.

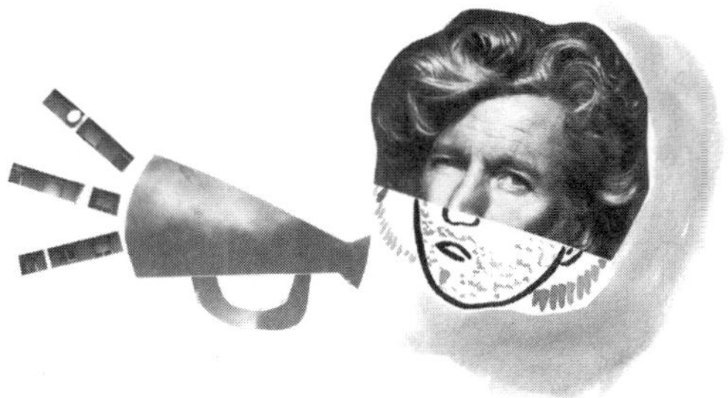

En moins de cinq minutes, tout et tous étaient en place. Jonas entendait le bruissement des ailes des pigeons installés sur le toit de la grange et leur roucoulement du soir. Il avait trouvé un poste d'observation idéal, il voyait de l'entrée jusqu'au milieu de la grange, là où éclateraient les « feux de Bengale-surprises ».

Claudius et Nico, bien contents d'être ensemble, avaient chacun dans une main un briquet dont ils avaient vérifié vingt fois s'il fonctionnait et dans l'autre main, le bout de la mèche de leur feu de Bengale.

Papi-Lion, qui n'aurait jamais imaginé se cacher dans une de ses armoires, remplit ses poumons et prit une voix de circonstance, une voix dramatique empruntée à Louis Jouvet dans « Drôle de Drame* ». Il parlait un espagnol très correct mais avec un gros accent français :

- *Inés, sé que estás aquí. ¿ De qué tienes miedo, Inés ? ¿ Qué te causo problemas ? Soy un hombre muy mayor. No me importa el dinero o la celebridad. Me importa la verdad. Non tanto para mí como para mis hijos y mis nietos. Tu padre, Pepe, sabía bien que las fotos eran mías. Nunca*

* « Drôle de Drame » est un film que Papi-Lion a vu quand il était jeune.

*fue un ladrón. Fue un héroe. Un héroe desconocido como mi mujer, mi querida Madeleine y tu madre, Alba. Hablamos. Hablamos de los tiempos antiguos, cuando tus padres estaban conmigo y Madeleine en Paris. Voy a contarte nuestra historia, ¿ De acuerdo Inés ?** »

Inès apparut à la porte au bout de peut-être deux minutes, ce qui parut une éternité aux trois amis, tapis dans leurs cachettes. Inès avait localisé l'origine de la voix amplifiée. Elle enchaîna, en espagnol elle aussi, très fort et très vite. Le sens de ses paroles échappa à Jonas, Claudius et Nico mais pas à Papi-Lion.

- Je viens vous proposer une belle somme d'argent pour le négatif de *Paloma devant la* **Samaritaine** grand-père. Ce cliché est bien plus important pour moi que pour vous. Vous avez connu mon père ? Tant mieux pour vous ! Moi, je ne l'ai pas connu. Quand il est entré dans ma vie, c'était trop tard. Il n'était un héros que pour ma mère qui l'idolâtrait mais pour moi, il n'était rien !

* « Inès je sais que tu es là. De quoi as-tu peur, Inès ? Que je te réclame de l'argent ? Que je te cause des ennuis ? Je suis un homme très âgé. Je n'ai rien à faire de l'argent ou de la célébrité. Ce qui m'importe, c'est la vérité. Pas tant pour moi mais pour mes enfants et mes petits-enfants. Ton père Pepe savait bien que les photos étaient de moi. Il n'a jamais été un voleur. C'était un héros. Un héros inconnu comme ma femme, ma Madeleine chérie, et ta mère, Alba. Parlons. Parlons de l'ancien temps quand tes parents étaient avec Madeleine et moi à Paris. Je vais te raconter notre histoire, d'accord Inès ? »

Inès s'approchait dangereusement de la cachette de Papi-Lion. Les stratèges avaient oublié un détail, le fil électrique qui sortait de la porte du placard !

- Sortez de ce placard ! Avancez les mains en l'air. Et maintenant, on va chercher le négatif.

Jonas voyait la scène depuis sa cachette. Inès tenait un tout petit revolver dans la main.

- Maintenant ! hurla Jonas à ses copains. Elle est armée !

Nico et Clau firent partir les feux de Bengale avec un bel ensemble.

On entendit alors un crépitement et on sentit une odeur de soufre. Inès regardait autour d'elle pour essayer de localiser le bruit et l'odeur.

Puis, des sifflements et un jaillissement de couleurs illumina la grange colorant l'immense bric-à-brac. Jonas, Claudius et Nico se bouchaient les oreilles et regardaient Inès sauter sur une jambe puis sur l'autre. Elle avait mal. Les feux de Bengale lui brûlaient les mollets et les cuisses. Elle se dirigea vers la porte où un homme immense l'attendait, une carabine à la main. Elle leva son bras armé de son minuscule revolver et on entendit un sifflement aigu, comme un bruit de flèche. Inès, visiblement touchée par un projectile, porta la main à sa cuisse et tomba sur le flan.

On apercevait dans les flots de couleurs des feux de Bengale, un corps de femme étendu sur le sol, immobile. Papi-Lion qui avait tout vu depuis son placard, se dirigea en trottinant vers le corps d'Inès.

La porte de la grange s'ouvrit en grand. C'était Louis, le père de Claudius. Il tenait une carabine. Tous les voisins étaient massés derrière lui.

- Papa, papa, tu l'as tuée ? demanda Claudius.

- Avec un fusil à anesthésiant pour les chevaux et les bovins ? Non, elle roupille !

- Avec ce que ton père a mis comme dose, elle va dormir très longtemps, ajouta Emilienne, la maman de Claudius avec son petit accent ghanéen.

- Du travail de pro, papa ! Claudius exultait.

Enfin, les sirènes de la gendarmerie ! Les gendarmes se dirigèrent en courant vers la grange où tout le village, attiré par la voix de Papi-Lion, s'était attroupé.

- Papi-Lion, Papi-Lion tu n'as rien ? demanda Jonas en se jetant sur son grand-père.

Geneviève accourut, Pauline dans les bras.

- Jonas, Papa, les enfants, vous n'avez rien ?

- Tout va bien Maman ! cria Jonas en se précipitant vers elle.

- Je vais bien les enfants, dit Papi-Lion avec une drôle d'élocution. Je vais bien mais j'ai perdu mon dentier !

Que d'émotions !

Les enfants furent emmenés par leurs parents dès que les gendarmes furent sur place. Jonas, Claudius et Nicolas ne disaient rien. Leur cœur battait à cent à l'heure. En fait, ils avaient eu peur mais ils ne le réalisaient que maintenant, maintenant que tout était terminé. Quant à Inès, encore endormie, elle avait été emmenée

à l'hôpital par les pompiers, sous surveillance des gendarmes, qui ne savaient pas trop comment son corps réagirait à la dose de somnifères pour chevaux et bovins du vétérinaire d'Orly-sur-Morin.

Emilienne et la maman de Nicolas retrouvèrent le dentier dans l'armoire où Papi-Lion s'était caché.

Seuls les adultes participèrent au feu d'artifice final. Papi-Lion et Louis furent convoqués pour déposer[*] à la gendarmerie de la Ferté-sous-Jouarre[**].

Jonas voulut tout de suite raconter toute l'histoire à Nacho, Lola et Charlotte. Ils devaient être mis au courant le plus vite possible.

- Eh, les gars, il faut tout raconter aux copains. J'appelle Nacho au téléphone, Clau tu t'occupes de Lola et toi Nico, tu téléphones à Charlotte.

Nacho et ses parents avaient reçu la nouvelle alors qu'ils étaient en train d'attendre leur tour au poste de police en charge de l'enquête sur l'empoisonnement d'Henri. Quelle surprise pour Nacho ! Lui qui croyait qu'Inès Siro de Muela était encore à Madrid ! Nacho fut épaté par son ami. Super idée les fusées éclairantes ! Et le porte-voix pour ameuter tout le village ! Une carabine à somnifère !

* Déposer ou faire une déposition: témoigner

** La Ferté-sous-Jouarre est à 13 kilomètres d'Orly-sur-Morin

Et ses copains, et son Papi-Lion, super courageux lui aussi !

Nacho expliqua qu'il restait au poste de police avec ses parents. Il devait raconter non seulement ce qui s'était passé avant la mésaventure d'Henri mais maintenant également la capture d'Inès Siro de Muela en France.

- Nacho, on se voit demain. Oui, pas question d'annuler ! Toi aussi, bonne nuit ! À demain ! Ça me fait drôle de te dire ça ! raccrocha Jonas.

- Jo, Lola veut te parler ! dit Claudius.

Il jonglait avec les téléphones.

- Allo, Lola ?

- Jo, comment tu te sens ?

- Bien.

- J'aurais aimé être avec toi dans la grange moi aussi. Quelle chance !

- Je sais.

- Tu crois qu'elle voulait tuer ton grand-père ?

- Elle devait récupérer le négatif avant. Elle ne l'aurait donc pas tué dans la grange et entre-temps, les gendarmes avaient le temps d'arriver.

- T'avais réfléchi à tout ça ?

- Oui.

- Tu es un petit génie en fait. Je le sais parce qu'on se connaît depuis la maternelle.

- C'est toi qui nous as fait comprendre l'importance du négatif.

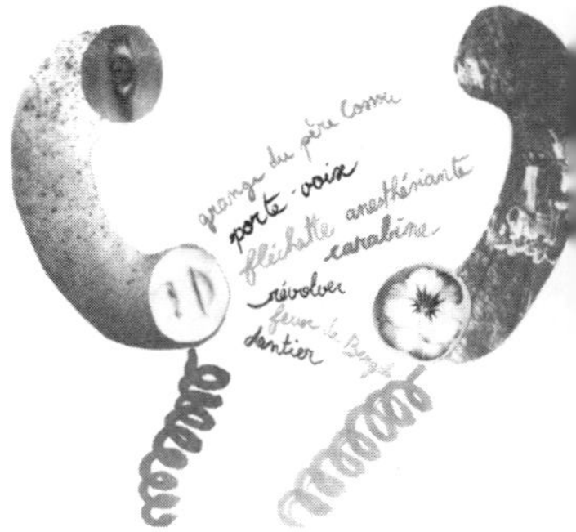

- C'est vrai ça ! dit Lola en riant Jonas se sentait bizarre. Le rire de Lola le détendit un peu.

- Vous partez toujours à Madrid demain ?

- Oui, oui.

- Alors, on se voit demain, je demanderai à mon père si on peut vous accompagner à l'aéroport.

- OK.

- Je t'embrasse fort, très fort, Jo !

- Moi aussi.

Première fois que Lola lui disait : Je t'embrasse très fort. Première fois de la vie !

Leurs parents eurent toutes les peines du monde à calmer les héros du jour. Jonas, Claudius et Nicolas se repassaient en boucle les événements de la soirée.

Quand Gustave rentra vers 21 heures, il fut accueilli par des cris. Tout le monde voulait lui conter l'aventure en même temps alors que tous ceux du village qu'il avait croisés lui avaient déjà donné leur version des faits. Gustave, il devait le reconnaître, en avait ressenti une immense fierté.

Vendredi 10 avril, voyage dans le temps.

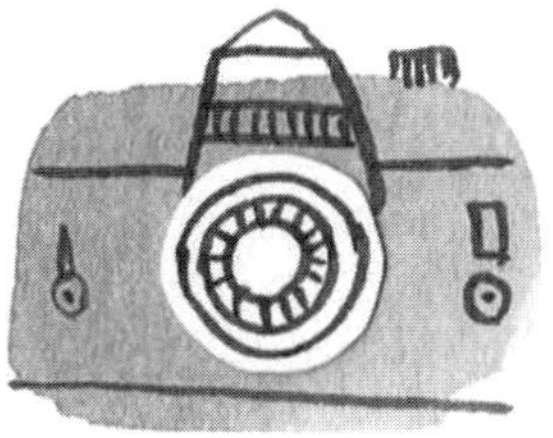

Le lendemain, alors qu'Inès n'était toujours pas réveillée, les voyageurs pour Madrid étaient prêts. En plus de rendre visite à Alba, Papi-Lion était résolu à faire constater par les autorités espagnoles que la photo était bien de lui : il emportait le précieux négatif au musée Thyssen-Bornemitza.

L'avion arriva comme prévu vers 22 heures.

Geneviève avait reçu de son mari une caméra et un « permis de filmer » comme il disait pour plaisanter. Pour une fois que Gustave ne monopolisait pas la caméra familiale.

Nacho les attendait à l'aéroport dans son plus beau fauteuil, superbe, avec ses parents. Les deux amis se serrèrent longuement dans les bras l'un de l'autre. Geneviève filmait mais comme on l'entendait sangloter et renifler dans le film, Gustave, au retour, devrait certainement enlever le son. Ce qu'ils se dirent ne serait pas gravé sur un fichier, seulement dans leurs cœurs.

- Maman, je peux aller dormir chez Nacho ?

- Si cela ne dérange pas ses parents. Maïté, Arturo, ne vous sentez pas obligé de le recevoir, ils peuvent se parler demain.

- Vous plaisantez ? Regardez le visage de notre fils ! Vous aussi, venez chez nous, vous resterez tous ensemble.

Geneviève ne protesta pas. Nacho faisait son sourire irrésistible. On annula les réservations d'hôtel. En route pour la maison des Zamora Buenaventura !

Dès leur arrivée, ils dégustèrent un assortiment de délicieuses tapas : *bocadillos, tortilla, croquetas, jamón Iberico, queso, pinchos de anchoas, bacalao** et des

* « Bocadillos » : petits sandwichs, « tortilla » : omelette de pommes de terre, « croquetas » : croquettes, « jamón Iberico » : jambon cru espagnol provenant de porcs noirs nourris exclusivement avec des glands de chêne, « queso » : fromage, « pinchos de pimientos y anchoas » : bouchées aux poivrons et aux anchois, "bacalao" : morue.

boissons typiques comme la horchata* de Valence. Maïté avait donné une foule d'explications à ses invités sur la façon de les confectionner. Enfin, le ventre plein, chacun gagna sa chambre.

Nacho et Jonas étaient couchés dans la chambre de Nacho, chacun sur son matelas, Nacho sur son lit spécialement conçu pour lui et Jonas sur un confortable matelas gonflable, à même le sol.

- Tu te rends compte Nach, si tu n'aimais pas l'art et aller au musée, on n'aurait jamais vécu toute cette aventure !

- Jo, je vais t'avouer un truc. Tu sais que j'aime bien quand mon fauteuil roule sur une surface lisse ?

- Oui, tu me l'as déjà dit.

- Eh bien, je vais aussi au musée pour m'entraîner à faire des figures avec mon fauteuil !

- C'est pas vrai ! Moi qui te prenais pour un intello !

Après les rires, le silence se fit. Ils n'entendaient plus que leur respiration. On pouvait croire qu'ils étaient sur le point de s'endormir.

* La horchata est une boisson faite à base de racines d'une plante qui s'appelle « chufa », originaire de la province de Valence.

- Jo ?

- Oui.

- Rien… rien…

- Moi aussi je suis heureux Nach.

- Comment tu as deviné ?

- C’est un don que je tiens de mon père, lui expliqua Jonas en fermant les yeux.

AGRANDISSEMENT
DEMOLITION 23 MAISONS

Samedi 11 avril, trouvailles et retrouvailles.

Le lendemain, à 10 h 30, les garçons, Papi-Lion, Geneviève, Arturo et Maïté arrivaient à Ségovie.

Les nonnes du lieu de retraite d'Alba avaient appris la nouvelle de l'arrestation d'Inès par le journal, mais aucune n'avait encore osé dire à Alba que sa fille avait débarqué, armée d'un pistolet, chez un monsieur de quatre-vingt-dix ans en France, ni qu'elle avait reçu dans la jambe une dose de somnifère pour chevaux et bovins. Elles furent surprises lorsque Papi-Lion leur dit que c'était lui le monsieur de quatre-vingt-dix ans et qu'il apprendrait la nouvelle à Alba lui-même.

Alba était devenue une très belle vieille dame, au corps mince, légèrement inclinée sous le poids des ans. Ses épaules s'étaient certes un peu voûtées et ses cheveux avaient blanchi mais ses yeux étaient les mêmes que sur la photo de 1936, les mêmes, juste avec des cernes autour. Elle tenait une canne ornée d'un pommeau de nacre ouvragée, du même motif que le grand peigne qu'elle portait dans les cheveux.

Jonas, Nacho et leurs parents étaient heureux d'assister aux retrouvailles.

- Alba, je suis Raoul, Raoul Lumieux, l'amoureux de Madeleine.

Alba, assise sur son banc entouré de roses, leva les yeux vers Papi-Lion.

- Raoul ! Raoul et Madeleine ! Paris, 1936 ! Je me souviens de tout ! De tout ! Raoul !

Alba se leva et serra Papi-Lion avec sa main libre tout en s'appuyant de l'autre sur sa canne. Alba était heureuse et triste à la fois. Ses yeux coulaient. Toutes ces années perdues sans se donner de nouvelles. Soixante-neuf années.

Papi-Lion lui présenta sa fille, son petit-fils et la famille Zamora Buenaventura.

Maïté traduisait pour Geneviève lorsqu'Alba parlait dans sa langue maternelle car elle s'exprimait la plupart du temps en français avec son accent andalou encore plus prononcé qu'avant. Geneviève avait l'impression qu'Alba et Papi-Lion reprenaient une conversation qu'ils avaient interrompue sept décennies ans auparavant.

- Tu ressembles à Madeleine, dit-elle à Geneviève. Où est ta mère ?

- Elle est morte Alba, l'année dernière, lui précisa doucement Geneviève.

Alba pleura beaucoup, la main dans celle de Papi-Lion, quand Geneviève lui annonça le décès de Manou.

- C'était mon amie, Raoul, ma seule amie, mon amie de toujours. La guerre mondiale, votre guerre, nous a éloignés les uns des autres. Je suis partie pour l'Argentine. J'ai vécu de mon art : la danse. Puis, un jour, Guiseppe est venu à Buenos

Aires pour faire des photos. Je dansais le tango dans un des endroits les plus prisés de l'époque et nous nous y sommes retrouvés. Tant de choses nous avaient unis, tant d'aventures et de dangers ! Le fait de nous retrouver nous a permis de briser nos solitudes. C'est à ce moment-là que nous avons eu Inès. Un enfant, c'est la vie ! Guiseppe nous a quittées très peu de temps après sa naissance pour retourner auprès de son épouse et de ses enfants. Nous ne l'avons revu que très longtemps après, lorsque nous sommes revenues en Espagne. C'était mon choix de rester en Argentine. Guiseppe écrivait à Inès, l'appelait au téléphone, lui envoyait des cadeaux mais il n'est jamais revenu en Argentine. Inès lui en a toujours voulu de nous avoir quittées. Elle ne l'a vraiment connu qu'à seize ans, lorsque son épouse légitime est décédée et qu'il nous a fait venir auprès de lui à Madrid. Vous savez, Inès vit à Madrid. Elle ne vient jamais me voir.

- Je suis venu te parler d'elle justement, dit Papi-Lion tristement.

Alba écouta le récit de l'affaire de la photo volée, de l'empoisonnement d'Henri, de la fin de l'histoire à Orly-sur-Morin, la tête baissée. Quand elle la releva, le récit de Papi-Lion était fini. Elle avait ses grands yeux noirs cernés de douleur et brillants de larmes. Elle tenait toujours la main de Papi-Lion.

- Raoul, j'ai quatre-vingt-onze ans. Je ne serai sans doute plus là lorsqu'elle sortira de prison. ¡ *Qué pena*[*] ! Emmène-moi faire un tour, j'ai besoin de marcher.

Ils firent le tour du jardin du couvent, bras dessus, bras dessous. Ils parlaient peu. Ils regardaient droit devant eux.

En revenant de leur cinquième tour, Alba se dirigea vers Jonas et Nacho.

- Je vous présente toutes mes excuses pour le comportement de ma fille. Je suis heureuse qu'il ne soit rien arrivé à vos enfants et leurs amis, et que le jeune homme belge soit rétabli.

- Tu n'as pas à t'excuser pour elle, Alba ! lui glissa Papi-Lion tout doucement.

Ils déjeunèrent dans un restaurant, dans la belle ville de Ségovie célèbre pour son aqueduc romain. Papi-lion et Alba revécurent les années 1936-1939.

* Que c'est triste!

Jonas et Nacho furent très impressionnés par Alba. Non seulement, elle inspirait le respect avec son chignon blanc et son peigne andalou mais elle montrait aussi un solide appétit ! Geneviève, qui calait déjà après le premier plat : des haricots blancs en sauce, n'en revenait pas. Jonas avait été surpris par la spécialité servie en second plat : un porcelet de deux semaines. Il fut découpé en six parts par le serveur à l'aide non pas d'un couteau mais avec une assiette, tant la chair était tendre et la peau craquante. Au dessert, Alba s'adressa à Jonas :

- Jonas, ton grand-père m'a dit que tu avais une question à me poser.

- Oui Madame. Je voudrais savoir comment vous faisiez, vous et ma grand-mère pour passer des messages avec les photos. Guiseppe a dit lors d'une interview que les photos contenaient des coordonnées qui permettaient de localiser des gens et des bâtiments.

- Tout était au dos de la photo.

- Mais Alba, il n'y avait rien au dos des photos que tu mettais dans les enveloppes, interrompit Papi-Lion.

- Si, mais tu ne le voyais pas. C'était écrit de façon à ce que personne ne le voit sauf les gens qui en avaient besoin.

- Des photos sympathiques ! Manou disait des photos sympathiques ! De l'encre invisible, de l'encre sympathique !

Jonas avait quitté sa chaise et sautait en l'air.

Pour la première fois depuis longtemps, Alba se mit à rire toutes dents dehors.

- Comme ton grand-père Jonas, sympathique comme ton grand-père !

- Sacré bon sang ! Soixante-dix ans après, je comprends enfin la blague de Madeleine et Pepe ! s'écria Papi-Lion.

- Il s'agissait des coordonnées des rendez-vous fixés aux passeurs n'est-ce pas ? demanda Nacho.

- Pas seulement.

- Ah oui ! Et quelles autres informations transmettaient les photos de Manou, euh Madeleine, Paloma ? dit Jonas qui s'emmêlait avec les noms de sa grand-mère.

- Pepe s'occupait des familles de réfugiés mais il y avait un autre agent double qui lui s'occupait des trésors.

- Des trésors ? Jonas et Nacho ouvraient grand les yeux et les oreilles.

- Je n'ai jamais su en quoi consistaient ces trésors, si c'était de l'argent, de l'or ou des bijoux…

- Et comment il s'appelait cet autre agent double ?

- Juan. Je ne connais que son prénom. On l'appelait « Le Duc ». Je l'ai vu une fois. Il était borgne, il portait un cache sur un œil.

Au moment de se dire au revoir, Papi-Lion prit Alba par les épaules et ne put s'empêcher de lui dire :

- À bientôt Alba, je reviendrai te voir. Si Madeleine était encore parmi nous, elle serait revenue te voir aussi longtemps qu'elle aurait pu se déplacer. Alors je viendrai te voir aussi, pour Madeleine.

Alba l'avait remercié pas moins de dix fois avec des larmes plein les yeux.

De retour à Madrid, sur les coups de 18 heures, Arturo, le papa de Nacho, se sentait prêt à faire le guide touristique.

- Nous avons largement le temps de faire un petit tour de ville.

Les deux familles parcoururent Madrid à bord de deux voitures pour ne pas fatiguer Papi-Lion, puis Nacho insista auprès de son père pour emmener son ami dans un endroit qui lui tenait à cœur : le jardin du *Capricho.*

Nacho, salué par le personnel du jardin avec des sourires et des claques dans le dos, passa le portillon, s'engagea dans l'allée, passa la rotonde fleurie avant de prendre un chemin sur la gauche en direction d'une petite maison qui ressemblait à une cabane de sorcière. Là, il s'arrêta et appela :

- *Sientate ! Sientate* !

C'est alors qu'une grosse cane flanquée de cinq canetons vint le retrouver en se dandinant. Quand elle fut tout près, elle inclina le cou pour se faire caresser la tête.

- *Sientate* est mon amie. Comme toi, elle m'a toujours connu sur ce fauteuil. Pour elle, je n'ai jamais changé. Je ne la présente qu'à mes vrais amis ! *Sientate*, je te présente Jonas, Jonas, je te présente *Sientate* et sa famille.

Dimanche 12 avril, la photo restituée.

Le lendemain, c'était dimanche. Il fallait se rendre au musée Thyssen-Bornemitza pour l'authentification de la photo de Papi-Lion.

Deux personnes attendaient devant l'entrée, assises sur un banc, main dans la main, le nez au vent et un sourire aux lèvres. Deux amoureux : un jeune homme en élégant costume et une jeune fille habillée d'une façon que Geneviève qualifia d'originale.

- Henri ! héla Nacho, je suis tellement heureux de te revoir ! Comment te portes-tu ?

- Beaucoup mieux, Nacho !

- Et toi Luz ?

- Je vais merveilleusement bien, je suis rassurée, merci Nacho !

Henri, tout à fait rétabli, avait tout organisé. Le conservateur du musée commença en présentant ses excuses pour cette « méprise » sur l'auteur de la photo. Puis, il remit à Papi-Lion, sur présentation du négatif, en présence d'un huissier et de la police de Madrid, la photo dans son encadrement.

Quelques journalistes de la presse écrite, triés sur le volet, ainsi qu'un photographe officiel avaient été convoqués par le musée pour immortaliser l'instant et apprendre au monde l'aventure de la photo *Paloma devant la* **Samaritaine**. Jonas et Nacho furent interviewés par les journalistes. Tous furent invités à poser pour une photo mémorable avec Papi-Lion au centre, souriant, la crinière au vent, tenant entre ses mains le petit cadre dans lequel on voyait l'amour de sa vie photographié par lui-même plus de soixante-dix ans auparavant.

Lorsque tous les officiels furent partis, Papi-Lion s'assit au bureau d'Henri.

- Jonas, merci mon petit. Je n'aurais jamais cru qu'à mon âge je vivrais une telle histoire. Que le temps passe

vite ! Je te revois à l’âge de ta petite sœur Pauline et te voilà maintenant à mener des enquêtes !

Papi-Lion regardait sa photo. Il pensait sûrement à sa Madeleine.

- Henri, je te laisse l’encadrement. Je n’en ai pas besoin.

Sur ce, Papi-Lion se leva, retira la photo de son joli cadre, la prit dans ses mains et la regarda encore une fois longuement. Nacho regardait la photo par en dessous, assis dans son fauteuil. Soudain, il appela Jonas.

- Jo, viens voir !

- Qu’est-ce qu’il y a ?

- Regarde, derrière la photo, il y a un dessin et un numéro.

- Fais voir Papi-Lion ! Il y a le numéro 2. Tu crois que ça signifie quelque chose ? Et ce dessin, que représente-t-il ?

- On dirait une petite table, dit Nacho.

- Au fait Henri, sais-tu où sont les autres photos conservées par Pepe? demanda Papi-Lion.

- Inès les gardait chez elle. Pour les récupérer, il faudra attendre que la police nous en donne l’autorisation. Cela peut prendre des semaines, précisa Henri.

- J’ai les doubles à la maison Jonas.

Papi-Lion souriait, il savait que Jonas était intrigué par les photos, il voulait le titiller un peu.

- Mais, Papi-Lion, Guiseppe voulait les récupérer, il nous faut découvrir pourquoi. Pour ça, il faut que nous puissions les examiner !

- Jonas, tu as l’investigation dans le sang, tu es comme ta grand-mère. Soit ! Je les réclamerai dès que possible. Tu me diras comment faire Henri. Ne t’inquiète pas, on les récupérera Jo ! répéta Papi-Lion en adressant un clin d’œil à son petit-fils.

Un message de Washington.

Les deux futurs journalistes Jonas Cordoue et Ignacio Zamora Buenaventura décidèrent de signer un article commun et bilingue (le règlement stipulait que le texte devait être rédigé en français. Une traduction en espagnol n'était pas une entorse au règlement.) sur leurs blogs respectifs sous le titre : « **Le mensonge, une chose qu'on n'aime pas du monde des adultes / *Mentira : Una cosa del mundo de los adultos que no queremos*.** Nacho avait omis de préciser que lui aussi avait menti mais lui, c'était pour les besoins de l'enquête.

Jonas et Nacho avaient consacré du temps à leurs articles et avaient enrichi leurs blogs de toutes sortes de

1er Prix
Jonas & Nacho

fichiers comme le précisait le règlement du concours: musiques des années 30 en format MP3, vidéos de Geneviève en format AVI, chronologie des faits, hyperliens afin d'indiquer les sources des informations recueillies tout au long de l'enquête. Ils avaient même ajouté des photos des protagonistes de l'enquête. Lola avait insisté pour apparaître vêtue de son maillot de gardien de but et de ses gants ; Charlotte, tout à l'opposé, dans une robe en tissu indien coloré façon *Bollywood* ; Nicolas et Claudius, en « survêt » bien-sûr ; Jonas et Nacho en short, à l'aéroport de Madrid.

Le premier prix leur fut attribué à tous les deux (Monsieur Giraud avait beaucoup insisté pour faire accepter cette double récompense) et une petite cérémonie eut lieu en même temps au club d'informatique du lycée français de Madrid et au club d'informatique du Collège Michel-Ange de la Ferté-sous-Jouarre. Le premier prix était un appareil photo numérique. Jo et Nach étaient ravis même si Jonas aurait préféré un téléphone comme celui de Nacho.

Le soir de la cérémonie, ils se donnèrent rendez-vous devant leurs écrans d'ordinateur, comme à l'accoutumée.

Alors qu'ils conversaient, l'ordinateur de Nacho tinta.

- Attends, j'ai un message de Lucy, ma correspondante de Washington. Ça faisait longtemps ! On s'écrit pas mal depuis la publication de notre article sur mon blog, elle l'a adoré et maintenant, c'est moi qu'elle adore.

- Quel charmeur tu fais, Nach ! Même par écran interposé, c'est dingue !

- Le charme espagnol mon vieux ! Voyons ce qu'elle m'écrit :

« Salut Nacho, mon père a trouvé le nom du Monsieur du Connecticut qui voulait acheter la photo du grand-père de Jonas, il s'appelle Juan de la Torre. Je te joins une photo. »

- Jo ! Il est borgne, il porte un bandeau sur l'œil !

Jonas sourit en regardant le ciel au-dessus de sa tête comme si Manou pouvait le voir.

- Nach, apparemment, l'aventure ne fait que commencer !

Sommaire

DANS LA MÊME COLLECTION

collection Humanistes en verve !

Il était une voix … les mascarons
Michel CAFFIER, illustrations : Damien FRAULOB, Juliette LAUFFET, Marie Elisabeth LEGOUX, Julien SCHWINDENHAMMER

Internautes de compagnie
Geneviève TURLAIS, illustrations : Laurence SCHLUTH

Le goût des glaces
Anne POIRE, illustrations : Les GUALLINO

Le Perce-Gourou
Monique LEVY, illustrations : Arnaud CAYUELA

Les histoires du P'tit Nikholaf
Charles GABAUDE, Valéry RAYDON, illustrations : Valéry RAYDON

M'aime pas mal
Geneviève TURLAIS, illustrations : les enfants de l'école du Côteau

Plumes de vies
Isabelle GUIGOU, illustrations : Hélène KAH

Racines de sable
Isabelle GUIGOU, images : Véronique LAGNY DELATOUR

Un croissant de lune dans un bol de café noir
Patrick BOUSQUET, illustrations : Arnaud CAYUELA.

Bonjour Galère
Isabelle GUIGOU, images : Hélène KAH et Véronique LAGNY DELATOUR

Vivre en corps
Geneviève TURLAIS, illustrations : Valérie VOYER

Enfance volée
Elodie PIERRON

Papi Jeannot
Anne POIRE, illustrations : Laurence SCHLUTH

Les trois rêves de Linh
Danièle VOGLER, images : Danièle VOGLER et Véronique LAGNY DELATOUR

Tout ça pour un appareil dentaire
Nathalie LOMBARD, illustrations : Laurence SCHLUTH

Ma correspondante du Lugubristan
Anne POIRÉ, illustrations : Anick LILIENTHAL

Mots pour maux
Jérôme BOURGINE, illustrations : Vincyane BELIN

Embrouilles, fripouilles et compagnie en Albanie
Jean-Marie CHARRON, Illustrations Anick LILIENTHAL

Au secours ! Mes parents sont bio, zen et sans gluten...
Nathalie LOMBARD, illustrations Katia HUMBERT

Les oubliés d'Apsogia - L'affranchi
Alice de MAXIMY, illustrations Victorine SCHWEBACH

DANS LA MÊME COLLECTION

collection
HUMANISTES EN VERVE !

UNE HUMEUR DE CHIEN

Attila, le chien qui avait une vocation de guérisseur

Casimodo, le chien qui était garanti féroce

Petit Filou, le chien qui savait lire le journal

Patou, le chien qui ne servait à rien

Samy, le chien qui était complètement idiot

Tim, le chien qui savait choisir ses amis

Claudie DARMEL, illustrations Arnaud CAYUELA

PLUS DE PEUR QUE DE MAL

Le remplaçant

La visite médicale

La sorcière du frigidaire

Sous le lit de Sylvaine

Toute seule à la maison

Un bruit de tonnerre

Jeanne TABONI MIZERAZZI, illustrations : Audren BURATI

PAS COMME TOI ET ALORS !

Alex et l'arbre maison

Les petites notes de Béranger

Bravo Anna

Charles n'a pas d'amis

Les mots de Feng

Théo a deux mamans

Lili a deux maisons

Clément n'a plus de maman

Le fauteuil de Valentine

Christine RENAUDIN, illustrations : Julie STEIN

DÉCOUVREZ NOS AUTRES COLLECTIONS

Collection Du coq à l'âme

Aventures à remonter le temps

collection Patrimoine oral

conte bilingue

SUR NOTRE SITE INTERNET :

www.editionslevergerdeshesperides.com

Composition graphique :
Mylène GOEPPNER
contact@1000ng.fr / www.1000ng.fr

Relecture : Véronique LAGNY DELATOUR

Dépôt légal : février 2018

ISBN 978-2-36587-286-7

Imprimé par Spindulys, Europe